光文社文庫

世田谷みどり助産院

『おっぱい先生』改題

泉ゆたか

光 文 社

世田谷みどり助産院

Setagaya Midori Midwifery Clinic

目次

明け方近くに目が覚《さ》めた。

やっぱり私は、とんでもなく緊張している。

ふっと息を抜いて笑った。

漆喰《しっくい》の壁に掌《てのひら》をぺたりと付けて、きしきし音の鳴る急な階段を下りる。

ここには早急に手すりが必要だ。これから私はもっともっとお婆さんになる。

一階には〝お勝手〟と呼びたくなるような古い造りのキッチンに、小さなダイニングテーブルが置いてある。

椅子に腰かけて、水を一杯飲んだ。遠くで世田谷通《せたがやどお》りを走るトラックの音が聞こえる。

窓の向こうが少しずつ明るくなる。朝日が昇っていく。雀《すずめ》の鳴き声。子供がお喋《しゃべ》りしているような、明るく華やかで、少々元気すぎる甲高《かんだか》い鳴き声。

薄暗い廊下を進んで襖《ふすま》を開けた。

庭に面した二間続きの和室だ。

古い家の古い部屋だ。だけど畳は新しいものに替えて、電気をＬＥＤライトに取り換えて、最新のエアコンを取り付けた。

天井には木綿糸《もめんいと》で吊《つ》るした折り紙がいくつか。それにお誕生会のように、切り絵を施《ほどこ》したパステルカラーの紙テープを垂《た》らしている。

ソファの上にはちょうど胸に抱えることのできる大きさのクマのぬいぐるみ。この子にはこれからたくさん働いてもらうことになる。

この家に赤ちゃんがやってくる。

なんて嬉《うれ》しい言葉だろう。

なんて幸せな言葉だろう。

自分の両掌に目を向けた。

丸みを帯《お》びて艶《つや》のある、大きな手だ。

どれほど働いてくたくたに疲れ切っても、この手だけは笑ってしまうくらい柔らかくふっくら艶がある。

ふいに胸の奥がちくりと痛む。

大きく息を吸い、まっすぐに前を向いた。

頭の上でピンク色の折り鶴がくるりと回った。

第一話
おっぱいの始まり

1

困った、どうしよう。

大塚和美《おおつかかずみ》は暗闇の天井を見上げた。

カーテンで仕切られた四人部屋の病室だ。

遠慮がちな咳払《せきばら》い。どこかのベッドから低いいびきが聞こえたと思うと、急に止まる。

そろそろ日付が変わる頃だ。目を閉じてみるが眠気はまったくやってこない。自分の心臓の音が妙に跳《は》ね上がって聞こえた。

ふいに赤ちゃんの泣き声が聞こえた。

とても近い。この部屋だ。

はっと目を開く。

透明なプラスチックケースのようなベビーベッドで、三日前に生まれたばかりの悠太郎《ゆうたろう》がすやすやと寝込んでいた。

まだ一緒に過ごして四日目なのに、ずっと昔から知っていた顔のような気がする。

悠太郎に出会う前の人生が、急に遠い昔のことに思える。

臨月《りんげつ》の頃は、ずっしりと重いお腹《なか》を抱えて産休を持て余していた。毎日昼寝をして本を読み、出産前にやっておきたかったのにやらずのままのことを頭の中で数えながら、今日も一日家でのんびりしてしまったなあと頭を掻いていた。

悠太郎が生まれた瞬間から、和美の世界は一転した。

最初の授乳は、分娩台《ぶんべんだい》の上で生まれたばかりの悠太郎を胸に抱く〝カンガルーケア〟の場で始まった。

そこからひたすら、夜中も欠かさず三時間おきの授乳が繰り返されている。

よかった、泣いたのは悠太郎じゃない。

和美はほっと息を吐いた。

泣き声の主は、カーテン越しのお隣さんの赤ちゃんだと気付く。

お隣さんは昨夜出産したばかりだ。

泣いている赤ちゃんは第二子だ。昼間に、旦那さんと一緒に三歳くらいのお姉ちゃんが、お見舞いに来ていた。

「ママ、おめでとう、あかちゃん、おめでとう」

お姉ちゃんの、喜びに溢《あふ》れたつたない口調が胸を過《よぎ》った。

カーテンの向こうで身体《からだ》を起こす気配を感じた。

「はいはい、ちょっと待ってね」

小さく呟《つぶや》くあくびまじりの声。

赤ちゃんの泣き声は、どんどん大きくなる。

元気いっぱいの泣き声に、和美は微笑《ほほえ》んだ。

ここは都内有数の周産期医療施設《しゅうさんきいりょうしせつ》、慈愛《じあい》医療センターの産科病棟《さんかびょうとう》の病室だ。

四人部屋の大人用ベッドの横には、それぞれ生まれたばかりの赤ちゃん用のベビーベッドが置かれて、実質八人部屋だ。

赤ちゃんの泣き声はお互いさまだ。迷惑だなんてちっとも思わない。

他の人の赤ちゃんの泣き声には、心が和《なご》む。思わず駆け寄ってあやしてあげたくなるような、可愛《かわい》らしさに満ちている。

それなのに——。

和美は額《ひたい》に掌を当てた。

悠太郎の泣き声にだけは身体が強張《こわば》ってしまう。

この子にまた悲しい思いをさせてしまうかもしれない、と、胸がぎくりと震える。

「大丈夫？」

看護師《かんごし》の声が聞こえた。隣のカーテンが揺れる。

直後に、赤ちゃんの泣き声はぴたりと止まった。

「さすが、上手ねえ。赤ちゃんも、こんなに満足そうなお顔して」

カーテンの向こうで、二人が声を潜《ひそ》めてふふっ、と笑った。

和美は思わず、悠太郎の寝顔に視線を向けた。

悠太郎は生まれてから一度も、私のおっぱいを飲んでくれない。

乳首を口元に近づけても、ほんの一瞬吸い付いただけで首をのけぞらせて嫌がる。

最初はコツが摑《つか》めていないだけかと思っていた。しかし出産からもう三日が経った。三時間おきの授乳時間が来るたびに三十分近く奮闘しても、状況はまったく変わらなかった。

和美が入院している慈愛医療センターは、極力《きょくりょく》粉ミルクを飲ませずに、母乳で育てようという方針だ。

夜間用の授乳室では、みんな、ぎこちない手つきながら幸せそうに自分の赤ちゃんにおっぱいをあげている。

赤ちゃんを長い時間泣かせっぱなしにしているのなんて、和美ひとりだけだ。

次第に授乳の時間が来るたびに、まるで我が子をいじめているかのような陰鬱《いんうつ》とした気分になった。

結局、看護師に、自分で自分のおっぱいを搾《しぼ》る搾乳《さくにゅう》のやり方を教わった。

乳首の周りを捻《ひね》るように強く押して、母乳を搾り出す。

どうにか滲《にじ》んだ母乳を、一滴たりとも零《こぼ》さないように計量カップに取る。

自分のおっぱいをどうやって押したら母乳が出るかなんて、これまで考えたこともなかった。

当然、簡単には進まない。たった十cc の母乳を取るのに、十五分近くかかってしまう。

ある程度の量が溜まったら、シリコン製のスプーンで悠太郎の口に注ぎ込む。

小さなスプーンで一さじずつ母乳をすくって飲ませるのには、とんでもなく長い時間がかかる。気が遠くなった。

しかし、赤ちゃんが哺乳瓶《ほにゅうびん》の感触に慣れるとお母さんのおっぱいを飲まなくなってしまう、と聞いたら、辛《つら》くてもやるしかない。

そんなことを三時間おきの授乳のたびにやっていた。

搾乳はもちろん、計量カップやスプーンの準備も後片付けも、何もかもに手間取ってしまうので、あっという間に次の授乳時間がやってきてしまった。

和美は唇《くちびる》をきつく結んだ。

こんなはずじゃなかった、と、胸の中で呟いた。

お母さんになったら、誰もが簡単に赤ちゃんにおっぱいをあげることができると思っていた。

出産してから今までの間、頭の中には常におっぱいの悩みが渦巻いていた。

「上の子のときは苦労しました。まったく飲んでくれなかったんですよ。いくらおっぱいをあげようとしても、ぎゃあぎゃあ泣いて全力拒否。私も一緒に泣きたくなりました」

囁《ささや》き声に、和美ははっと耳をそばだてた。

「最初からぜんぶ上手にできる人なんて、そうそういないわ」

看護師がしみじみと呟いた。

「こちらを退院してから、〝おっぱい先生〟に通い詰めて修業をしたんです」

くすっと笑い声。

〝おっぱい先生〟。

和美は心の中で声に出して繰り返した。

「本当によく頑張ったわ。百点満点のおっぱいね」

看護師が明るい口調で応じて、カーテンを閉めた。

〝百点満点のおっぱい〟か……。

今の私のおっぱいは何点なんだろう？　と思ったら、眉間《みけん》にぐぐっと皺《しわ》が寄るのがわかった。

二十分ほどしてから、カーテンの向こうでベビーベッドに赤ちゃんを横たえる気配を感じた。

赤ちゃんはお腹いっぱい母乳を飲んで、飲みながら眠ってしまったのだろう。

ぺたん、とスリッパの音を聞いて、和美は慌てて身体を起こした。

授乳の後はびっくりするくらい喉が渇《かわ》く。お隣さんはラウンジの自動販売機に飲み物を買いに行くのだろう。

慈愛医療センターでは母子ともに健康ならば、出産日を含めて五日目の朝に退院だ。

機会は今しかない。

和美は悠太郎が深く寝入っているのを確認してから、廊下へ飛び出した。

「あの、すみません」

真夜中の病棟の廊下に、和美の声は案外大きく響いた。

赤いチェックのパジャマ姿の女性が振り返った。

和美を認めて、「あっ」と親しげな笑顔を浮かべる。

「お隣のベッドの……。うちの子が起こしちゃったかしら。うるさくして、ごめんなさいね」

肩を竦《すく》めて両手を合わせる。

言葉とは裏腹に、和美が文句を言いに来たわけではないと信じて、気を許してくれている仕草だ。

和美は少し緊張が解けた気分で、「いいえ、まさか。まったく気になりません」と左右に首を振った。

直後に、背筋をまっすぐに伸ばした。

「実は……」

和美の顔つきは、よほど切羽詰《せっぱつ》まって見えたのだろう。

「教えていただきたいことがあるんです」

お隣さんは、きょとんとした顔をした。

2

世田谷通りを滑《なめ》らかに進むタクシーの中で、和美は全身を鎧《よろい》のように強張らせて悠太郎を抱きしめた。

《みどり助産院《じょさんいん》》は、和美が出産した慈愛医療センターのある世田谷通り沿い、世田谷線上町《かみまち》駅から一本脇道に逸《そ》れた住宅地にあった。

世田谷線は下高井戸《しもたかいど》駅と三軒茶屋《さんげんぢゃや》駅を二十分ほどで結ぶ、二両編成の路面電車だ。世田谷区の住宅街を、のんびりことこと通り抜ける。渋谷、新宿に出るには乗り換えが必要だが、その分静かで環境がいいのでファミリー層に人気がある。

タクシーの中からは、五月の晴れた世田谷通りをベビーカーで散歩する母子の姿がちらほらと見えた。

和美は窓の外を眺めながら、〝おっぱい先生〟と口の中で呟いた。

病室のカーテン越しに最初にその名を聞いたときは、いったい何者なのか見当がつかなかった。病院の先生、保育園の先生、はたまた育児本を出しているような幼児教育の専門家の先生のことかも……。

「〝おっぱい先生〟っていうのは、《みどり助産院》の助産師さんのことですよ」

お隣さんの言葉を思い出す。

「上のお子さんをご出産された助産院ですね？　じゃあ、もう出産を終えた私は行くことはできないですね……」

肩を落としかけた和美に、お隣さんは慌てた様子で掌をぶんぶん振った。

「いえいえ、違います。《みどり助産院》はお産を扱っていない、〝母乳外来《ぼにゅうがいらい》〟専門の助産院なんです。授乳中のお母さんと赤ちゃんなら、いつでも誰でも行くことができますよ」

「〝母乳外来〟……ですか？」

助産院とは、その名のとおりお産をするための場所だとばかり思っていた。

お産を扱わない助産院、なんて聞いたことがない。

「そう。《みどり助産院》は、いろんなおっぱいの悩みを抱えているお母さんの、駆け込み寺です。おっぱいのことなら、きっと〝おっぱい先生〟が助けてくれますよ」

お隣さんはにっこりと微笑んだ。


悠太郎を抱いたまま、どうにかこうにかタクシーのお金を払った。

悠太郎の着替えやオムツのぎっしり詰まった真新しいマザーズバッグを、よいしょと肩に掛けてタクシーから降りた。

分譲《ぶんじょう》住宅地の片隅に、《みどり助産院》の名のとおり、緑に囲まれた小さな家があった。

年季の入ったブロック塀が蔦《つた》で覆われて、一面の緑だ。

《みどり助産院》と筆書きで書かれた案外新しい看板が、蔦の葉の中に埋まっていた。

大正時代の洋館を思わせる、赤い屋根に白い外壁《がいへき》の古い家だ。白い外壁も蔦に覆われている。

周囲を三階建ての建売《たてうり》住宅に囲まれていたが、南向きの道に面しているので陽当たりがよい。

蔦の葉は陽の光を浴びて、きらきらと瑞々《みずみず》しく風に揺れている。

ペンキの剝《は》げかけた古びた鉄門を開けると、きい、と案外大きな音がした。

門の鳴る音を聞きつけたのだろう。引き戸の磨《す》りガラスの向こうで、人影が揺れた。引き戸が勢いよく開く。

「こんにちは！　大塚さんですね！　お待ちしていましたっ！」

大きな声に驚いた。

玄関先の声の主の顔を見て、もっと驚いた。

ちょっとそこらではお目にかかれないくらい綺麗な女の子だ。

小さな顔に長い睫毛《まつげ》。透明感のある白い肌。大きな目に少し丸い小さな鼻、薄い桃色の唇のバランスが、まるで赤ちゃんの顔のようだ。

美しい顔を惜《お》しげもなくさらけ出すように、前髪をすっきり上げたお団子の髪型にしている。

細身のジーンズにボーダーの長袖Tシャツ。上から生成《きな》り色のエプロンをつけている。

胸元に《田丸《たまる》さおり》という名札があった。

十代の美少女と言われてもおかしくない可憐《かれん》な姿だが、和美をまっすぐ見据えて笑みを絶やさない落ち着きがある。実年齢は二十代半ばくらいだろうか。

「こ、こんにちは。大塚です」

入院明けの身には、さおりの若々しい華やかさは目に眩《まぶ》しかった。

「旦那さんはご一緒ですか？」

さおりは上がり框《かまち》からぐっと身を乗り出して、和美の背後を覗《のぞ》き込んだ。

小柄《こがら》で華奢《きやしや》な雰囲気だが、案外長身で、動きがきびきびしている。きっとスポーツをやっていたに違いない。

「いいえ、私だけです」

和美が答えると、さおりはほっと息を吐いた。

「よかった！　お電話でお伝えし忘れていてごめんなさい。ここから先は、男性の付き添いの方は、こちらのお部屋で待っていただくことになっているんです」

さおりが上がってすぐの小部屋を示した。

古びた少年漫画がぎっしり詰まった本棚に、テレビと古いゲーム機が置いてある。

四畳半もないくらいの狭さだったが、子供の隠れ家のようなどこか懐《なつ》かしい部屋だった。

「私は見習いの田丸さおりと申します、はじめまして」

さおりは深々と頭を下げてから、人懐っこい笑顔を浮かべた。

「先生、大塚さんがいらっしゃいました！」

さおりが機敏な仕草で振り返って、襖を開けた。

光がわっと入ってきた。

玄関の暗がりへ、お日さまの温《ぬく》もりが広がる。

庭に面して十畳と八畳、襖が開け放たれて二間続きになった和室だ。掃《は》き出し窓には縁《えん》側《がわ》があった。

庭にはよく手入れされた青葉茂る木々。色鮮やかな花は見当たらず、どこまでも緑が一面に広がる。

手前の十畳は待合室のように使われているのだろう。

畳の上に直《じか》に布張りのソファが置かれていた。ソファにはたくさんのクッションと、クマのぬいぐるみ。

ソファの足元にはおもちゃと絵本を詰め込んだ籠《かご》がいくつもあって、近くに毛布が畳んで重ねてある。オムツ替え用の防水シートの敷かれた一角もあった。

ほのかに石鹼《せっけん》と、清潔な湯気の立ち上る匂い。

お風呂の匂いだ、と思った。

「大塚和美さんですね。どうぞお入りください」

低く落ち着いた声だった。

奥の八畳間で白衣姿の女性が、窓のロールカーテンを閉じた。

陽の光に目が慣れなくて、顔かたちはよくわからない。

「よろしくお願いします」

少々臆《おく》する気持ちで、奥の部屋に一歩足を踏み入れた。

部屋の真ん中に一組の布団《ふとん》が敷いてあった。真っ白なシーツは、ぱりぱりに糊《のり》が利いているとわかる。

窓辺の生成り色のロールカーテンの向こうから、庭の緑が透けていた。

「そちらの座布団にお座りください」

さおりの声が背後から聞こえた。

悠太郎を落っことさないようにと緊張しながら、布団の脇の分厚い座布団にゆっくり腰を落とす。

ピアノの音が微《かす》かに流れているのに気付いた。

格調高いクラシックではない。一つ一つの音色が、くっきりと聞こえる。

通りすがりにどこかの家から漏れ聞こえてくるような、音を奏《かな》でることを覚えたばかりの人のための練習曲だ。

天井からは、切り絵や折り紙が、木綿糸で吊り下げられてゆらゆら揺れている。切り絵はとても手の込んだ複雑な模様で、ウサギやクマを象《かたど》ったものや、手をつないで連《つら》なったジンジャーマン、よく見ると、雛飾《ひなかざ》りやこいのぼり、クリスマスツリーまであった。

「はじめまして。助産師の寄本律子《よりもとりつこ》です」

白髪《はくはつ》の女性が、和美の前に歩み寄った。

正座をして深々と頭を下げる。

緩《ゆる》いパーマがかかったショートカットの髪は、わざわざ白色に染めたのかと見まがうほど真っ白だ。髪の様子からすると和美の母と同じくらいの年齢だろうか。

顔を上げた律子は、和美が一瞬たじろぐほどまっすぐな視線を向けた。

尖《とが》った鼻に薄い唇。切れ長の目元。若い頃はパンツスタイルの似合うクールな美人だったに違いない。

たとえ笑顔を浮かべていても、眉を下げて困った顔になっても、頭の奥底は常に冷静さを保ち続ける人の瞳だ。

「〝おっぱい先生〟です」

さおりが和美に向かって囁いた。

「……は、はい」

目の前の律子は、〝おっぱい先生〟という優しげな響きから想像していた姿とは、ずいぶん違った。

さおりが、律子にカルテを素早く差し出した。カルテには、今日の朝一番に、病院のラウンジから電話をかけた際に伝えたことが記されているのだろう。

「お子さんのお名前は、悠太郎くんですね。生後五日、ということは、もしかして……」

律子がカルテから顔を上げた。

「さっき、退院してきたところです。退院したその足でこちらに伺いました」

和美は頷《うなず》いた。

「嘘っ！　まだ、そんなに小さいんですね！　私が出会った赤ちゃんの中で、最年少です！」

さおりが思わず、という様子で歓声を上げた。

「今日は、どうされましたか？」

律子は驚く様子を見せず、淡々と訊《き》く。

「この子が、おっぱいを飲んでくれないんです。赤ちゃんは絶対に〝カンボ〟で育てたいのに……」

和美は消え入るような声で言った。

3

「〝カンボ〟。つまり粉ミルクを一切あげないで、お母さんの母乳だけで育てる〝完全母乳〟での育児を希望している、ということですね？」

律子が和美の〝カンボ〟という言葉を言い直した。

しまった、と思う。

和美の頬が一気に熱くなった。

〝カンボ〟とはインターネット発祥《はっしょう》の略語だったに違いない。

出産という人生の喜ばしい節目のときに、〝スマホ中毒〟になっている情けない自分を見透かされたような気がした。

悠太郎がおっぱいを飲んでくれないとわかってから、暇《ひま》さえあればスマホを手に、授乳に関することを調べ尽くした。

現代ではさまざまな科学的な研究により、母乳は粉ミルクよりも、赤ちゃんにとってより吸収しやすい栄養を含んでいるとわかっている。

そのため、できる限り赤ちゃんは母乳で育てるべきだ、という論調が昨今の流れだ。

ＷＨＯ（世界保健機関）でも母乳育児を全面的に推奨《すいしょう》していて、ユニセフと共同で『母乳育児成功のための十か条』というガイドラインを公表しているほどだ。

母乳育児に適した環境を提供する病院を「赤ちゃんに優しい病院」と認定して、妊婦《にんぷ》が出産する病院を選ぶ際の指針となっている。

和美が出産した慈愛医療センターは、その筆頭として挙げられていた。

――と、ここまでは妊娠中に調べてあった。

赤ちゃんがお母さんの母乳を飲んで育つことの大切さを、和美は大いに納得した。

育児雑誌でもネットでも、これだけ母乳育児を推奨する流れの中で、わざわざ粉ミルク中心の育児をしたいとはまったく思わなかった。

そしてもう一つ、和美の胸の内に残った言葉があった。

「完全母乳で育った赤ちゃんは、アトピーにならない」

ネット上でちらりと目にした情報だ。執筆者の素性《すじょう》も名前ももちろん憶《おぼ》えていない。

だが、どきりとした。

幼い頃に、ひどいアトピーに苦しめられた日々を思い出した。

和美の肌は、毎年夏になると爛《ただ》れて赤く血が滲んだ。一日に何度も軟膏《なんこう》を塗り込んでも、友達のように綺麗な肌にはなれない。

自分の肌を見るたびに、惨《みじ》めで悲しい気持ちが募《つの》った。

大人になるにつれて症状は軽減したが、今でも疲れが溜まると肌が荒れる。

生まれつきの体質だから我慢するしかないとばかり思っていた。が、そういえば母から、和美自身は粉ミルク中心で育ったと聞いていた。

慈愛医療センターの主治医《しゅじい》に訊いてみたところ、「本当の医療関係者ならば、そんな無責任なことは決して言えません」と、難しい顔をされてしまった。

母乳で育っても、幼い頃の和美と同じようにアトピーと闘う子供はたくさんいる。

しかし、万が一にも、生まれてくる赤ちゃんに自分と同じ辛い思いはさせたくない。ほんの少しでもリスクを取り除くことができれば、という気持ちはいつまでも残った。

都立高校の教員をしている和美は、産前産後の休暇と育児休暇をきっちりと取ることができる。

育休の間は我が子に身体をぴたりとくっつけて、のんびり過ごそうと思った。

ぜひとも〝カンボ〟、すなわち完全母乳で育てたいと心に誓った。

しかし肝心なおっぱいの飲ませ方で、躓《つまず》いてしまった。

おっぱいについて、ネットで有益な情報を探すのは本当に難しかった。縋《すが》るような気持ちで〝おっぱい〟と検索したら、とんでもない扇情的《せんじようてき》な画像が画面いっぱいに展開されて、思わず悲鳴を上げそうになったりもした。

ネットに没頭しすぎているとわかっていた。

お見舞いに来てくれた両親や夫の正之《まさゆき》と話せば、うまく気分転換ができた。皆が悠太郎の誕生を心から喜んでくれて、笑顔に溢れた幸せな時間を過ごすことができた。そんな時はスマホなんて目にも入らない。

しかし授乳は三時間おきにやってくる。

そのたびに〝大失敗〟という結果を突き付けられて、気持ちは暗く沈む。不安で不安で、調べずにはいられない。

身も心も疲れ切っているのに、ネットに飛び交う有象無象《うぞうむぞう》の情報の中に飛び込む。

今の自分と同じ状況の人が、何かをきっかけに嘘のようにすべてうまく行くようになった、というエピソードがどこかにあるはずだ。そう信じていつまでも探し続けた。

「悠太郎くんは、病院で医師から粉ミルクのアレルギーがあると言われましたか？」

律子が悠太郎に視線を向けた。

「いいえ。お医者さんからは、何も言われていません」

和美は首を横に振った。

「わかりました。それでは、完全母乳での育児を希望しているのは悠太郎くんではなく、和美さんですね」

律子はあっさりと納得した様子で頷いた。カルテにペンを走らせる。

完全母乳での育児を希望しているのは、悠太郎ではなく私――。

和美は律子の言葉を胸の中で繰り返した。

泣きべそをかく子供のように、口角《こうかく》が少し下がった気がした。

「おっぱいを診《み》せてください。今日は、布団に横になる必要はありません。お洋服の上からで構いません」

律子がカルテを畳の上に置いた。

「えっ？　あ、はい。お願いします」

和美ははっとして、素早く何度も頷いた。

妊娠がわかってから今まで、数え切れないほどの回数の産婦人科の診察で、自分の身体を診せる気恥ずかしさなんてどこかに置いてきたつもりだった。

しかし今度はおっぱいを触《さわ》られるのか、と思うと、やはり身体が固くなった。

まったく妊娠出産では、ほんの一年前には想像もしなかったことばかりが立て続けに起きる。

わざと平気なふりをして、背筋をしゃんと伸ばした。

「失礼いたします」

律子はまるで武術のお稽古《けいこ》を始めるかのように、折り目正しく頭を下げた。

身を乗り出して、服の上から和美の胸にそっと触れた。

和美は息を呑んだ。

熱い、と胸の中で呟いた。

律子は真剣な眼差《まなざ》しで自分の手を見つめている。

急に、鼻の奥が痛くなるような眠気に襲われた。

和美は薄《うっす》らと目を細めた。

律子の掌は温かかった。今日の和美はカットソーとブラカップ付きキャミソールの二枚を重ねて着ているのに、掌の熱が心臓までも伝わる気がする。

心臓が温まって、鼓動《こどう》が整っていくのを感じた。

近くで見ると、律子の手の甲《こう》には染みも皺もほとんど目立たず、驚くほど艶があった。

おっぱいの効力なのかな、と和美はぼんやりと思った。

「産後のホルモンバランスの変化に、身体がとても驚いている状態です。まずはおっぱいの腫《は》れを取りましょう」

律子が掌を離した。

和美は目をしばたたかせた。

ほんの一瞬のことなのに、寝起きのように身体中が緩んでいた。

「腫れが落ち着くまで二、三日は、自分が気持ちいいと感じる程度に冷やしてください。保冷剤《ほれいざい》をタオルで巻いて、腫れているところに当てるだけで構いません。ですがくれぐれも冷やしすぎないでくださいね。保冷剤を直接肌に当てたり、ブラジャーのカップの中に入れっぱなしにするのは厳禁です」

「は、はい。わかりました」

ようやく頭が動き出した。

律子の言葉を慌てて記憶しながら、急に心細くなる。

その数日の間は、悠太郎のおっぱいはどうしたらいいのだろう。

口を開きかけると、律子が和美の険《けわ》しい表情を認めたように頷いた。

「そして完全母乳での育児をご希望でしたら、三時間に一度は、必ず悠太郎くんにおっぱいを飲んでもらう練習を続けてください」

律子は付け加えた。

「今日はお代はいりません。早く家に帰って、悠太郎くんに自分のおうちを案内してあげてください。また三日後にお待ちしています」

律子はまず和美に、次に悠太郎に向かってきっぱりと頷いた。

4

和美は巨大なクロワッサンのような形の授乳クッションを、腰にすぽんとはめた。

出産を終えたお腹はすっかり凹《へこ》んだが、伸び切った皮が弛《たる》んで皺だらけだ。妊娠前のウエストとはまったく違う。

でも今の私は、見た目を気にしている場合ではない。

物悲しい気持ちが湧きそうになるのをぐっと抑《おさ》えて、自分に言い聞かせる。

ベビーベッドでは、オムツ替えが終わったばかりの悠太郎が、顔を真っ赤にして泣いていた。

前開きのパジャマのボタンを外す。

マンションのベランダの窓から覗く空は雨模様だ。少し肌寒い。自分の乳房にぽつぽつと鳥肌が立ったのが見えた。

律子に言われたように保冷剤を使って少しずつ冷やしたら、おっぱいは驚くほど柔らかくなってきた。

これまで授乳をうまく行かせることに必死で気付かなかったが、実は和美のおっぱいは、かなり〝腫れている〟状態だったのだろう。

これで少しは、悠太郎が飲みやすいおっぱいになったはず。

和美は祈るような気持ちで心の中で呟いた。

「はい、悠ちゃん、おっぱいの時間ですよ」

悠太郎を横抱きにして、右の乳首に顔を近づけた。

悠太郎は全力拒否だ。大きく首を振っておっぱいから逃げ出そうとする。

「悠ちゃん、お願い」

気を取り直して今度は左の乳首へ。悠太郎はいよいよ泣き喚《わめ》く。

水の中を泳いでいるように両手をぱたぱたと振り回し、はっとするほど強い力でおっぱいを押しのける。

和美の口元が強張った。

どんどん大きくなる悠太郎の泣き声の中で、息が浅くなる。

どうして？　という言葉がぐるぐると頭の中を回る。

しばらく試してみるが、うまく行きそうな気配さえない。

時計をちらりと見ると、練習を始めてからあっという間に三十分が経っていた。

「じゃあ、気分転換しようね。ママと一緒におうちの中をお散歩してみよう」

どうにか楽しげな声で言った。大きく息を吸って、吐く。

泣いたままの悠太郎を胸に抱いて、部屋中をゆっくり歩き回った。

もうすぐ昼の十二時になるのに、食卓には正之に朝食を出したときの食器がそのままだ。フローリングには髪の毛が幾本も落ちていて、隅に綿埃《わたぼこり》が溜まっている。

この調子では、きっと今回も悠太郎はおっぱいを飲んでくれない。

搾乳の準備をしなくちゃ、と思う。カップとスプーンを消毒して、悠太郎のガーゼとタオルを用意して……。

和美は大きなため息をついた。

私は何もできていないな。

散らかった部屋を絶望的な気持ちで見回す。

鹿児島県にいる母は、高齢の祖母の介護で忙しい。産後のほんの一週間ほどでも東京のマンションに来てもらえればとも思ったが、現状を考えると難しかった。

和美自身も妊娠初期に出血してから飛行機に乗って帰省するのは気が進まず、里帰りは諦《あきら》めた。

今の時代は便利な家電も揃《そろ》っているし、即日配送してくれるネットスーパーもある。

家事も赤ちゃんのお世話も、きっと自分ひとりでうまくできるはず、と、前向きに考えていた。

だが、赤ちゃんとの生活は、想像していたものとはぜんぜん違った。

生まれたばかりの赤ちゃんのお世話自体は、それほど難しくない。

泣いたらオムツを替えて、おっぱいを飲ませる。抱っこをしてあやしてあげれば、まだ外の世界に慣れていない赤ちゃんは、すぐにまたすやすやと眠りに戻る。

これが仕事だと思えば、驚くほど平和で気楽な手順の繰り返しだ。

しかし、自分の子を育てることは、勤務時間が終わったら自由な生活に戻れる仕事ではない。

目の前の悠太郎がこの世の何よりも大切だからこそ、すべての行動に不安が伴《ともな》う。

この子を育てることにおいては、決して何一つ失敗できない、と思ってしまう。

同じ高校教員の夫、正之と三十歳で結婚してから八年。

ずっと子供が欲しいと思い続けて、待ちに待った妊娠だった。

この子が生まれれば、人生がもっと楽しくなると思った。

高齢出産といわれる年齢だったが和美の身体に大きな問題はなく、悠太郎も元気に生まれてきてくれた。

嬉しくて嬉しくてたまらない時のはずなのに。

それがどうしてこんなに、うまく行かないんだろう。

スマホが鳴った。

「悠ちゃん、今日もいい子にしてるかな？　写真見たいよー」

正之からのメールだ。

明るい絵文字がたくさん飛び交うきらきらした文面に、なぜか息が詰まる。

和美は肩を落とした。腕の中の悠太郎に、心の中で「ごめんね」と呟く。

悠太郎が閉じかけていた目を開いた。じっと和美を見つめる。

「ごめんね。駄目なママでごめんね……」

今度は心の中ではなく、口に出して言った。

唇を嚙みしめた。目に涙が浮かぶのがわかった。

「……ミルクをあげてしまいました」

和美は力ない声で呟いた。

律子がカルテにペンを走らせていた手を止めた。

「赤ちゃんは絶対に母乳だけで育てたかったのに……。私、哺乳瓶で粉ミルクをあげてしまったんです」

悠太郎が元気ですくすくと育つために、できることはすべてしてあげたかった。

噂に過ぎないレベルのリスクでさえも、すべて何もかも取り去ってあげたかった。

それが、たった数日でこんなことになるなんて。

掌をぎゅっと握ったら、いつも指先が赤く腫れていた幼い頃を思い出した。

情けなくて情けなくて、消え入りそうな気持ちだ。

5

きっかけは昨夜の正之との会話だった。

夜の九時ごろ。正之が帰宅するのを待ち構えていたように、悠太郎が目を覚ました。

悠太郎はベビーベッドの上で、ゆっくりぱたぱたと手足を動かした。

眩しそうに目を細めて周囲を見回す。今、自分がどこにいるかわからないような、ちょっと困ったような表情に見えた。

愛《いと》おしさに胸が締め付けられるような気がした。

「正くん、しばらく悠ちゃんのこと見ていてくれる？」

溜まった家事を集中して片付けることができるのは、正之が家にいるこの時だけだ。

和美は後ろ髪を引かれる思いで、ベビーベッドの横から勢いよく立ち上がった。

「もちろん、任せておいて」

頼もしい答えに、気持ちが弾《はず》んだ。

背筋を伸ばして、自分の思うままにきびきびと動く。当たり前のことがこんなに気持ちいいとは思わなかった。

和美が夕食をレンジで温め直したり風呂掃除をしたりと飛び回っている間に、正之は、ぎこちない手つきで悠太郎のオムツを替えていた。

「悠ちゃん、ただいま。パパだよ」

悠太郎に話しかける正之は、顔いっぱいに笑みを浮かべている。

子供好きの正之は、結婚当初から熱烈に〝我が子〟という存在を望んでいた。

和美のお腹の中で悠太郎の胎動《たいどう》を感じたその日から、正之は身も心も完全に悠太郎の虜《とりこ》だ。

正之と悠太郎の姿を見ていると、和美の胸に喜びが広がる。

誇らしさと幸せとで目の前がくらくらするような気持ちになった。

「よかったね。悠ちゃんも、パパに会いたかったよね」

和美も時折家事の手を止めて、二人に向かって明るい声をかけた。

正之の帰宅は嬉しかった。

朝から晩まで、まだ言葉を喋れない悠太郎と二人きりだと、自分まで言葉を忘れてしまいそうな気がした。

正之と一緒に悠太郎の寝顔を眺めて、「悠ちゃんって、可愛《かわい》いね」「どっち似かな?」などと、誰かに訊かれたら呆《あき》れられるようなお喋りをする、ほんの十五分ほどの時間。

朝からずっと、その時だけを心待ちにしていた。

悠太郎は正之の腕の中で、「うー、うー」と柔らかい声を出していた。

ふと、それが次第に泣き声に変わり始めているのに気付いた。

あっ、と心の中で呟いた。

時計にちらりと目を走らせた。

前回の授乳からちょうど三時間だ。

和美の心の揺れを感じ取ったかのように、悠太郎が大きく息を吸ってから「わー」と泣き出した。

いくら正之にあやされても、顔中を真っ赤にして大泣きだ。

お腹が減っているのは間違いない。

急に身体が重く感じられた。

胸の中に、これからやらなければいけないことがざくざくと積み重なっていくような気がした。

まずは、今やろうとしていることをすべて止めなくてはいけない。

そして、嫌がっている悠太郎に、これから時間をかけておっぱいを飲ませる練習をさせなくてはいけない。

和美はパジャマの胸元を押さえた。

正之の前で和美がおっぱいを丸出しにして、泣き叫んで嫌がる悠太郎におっぱいを押し付ける姿を見せるわけにはいかない。

おっぱいの練習は寝室でやるしかない。

時間はあっという間に過ぎてしまう。きっと明日の朝も早い正之は、和美がばたばたしている間に寝る時間になってしまうだろう。

ずしんと気が重くなった。

「ねえねえ、和美。悠ちゃん、もしかして、お腹減っているんじゃないかな？」

正之が悠太郎の泣き声に臆してしまったように、眉を下げた。

その瞬間に、なんだかすべてから逃げ出したくなった。

「うん、わかってる」

和美は固い声で答えた。

ミルクの調乳《ちょうにゅう》方法は、産後入院中に試供品セットをくれた粉ミルクの会社の人から教わっていた。哺乳瓶を消毒し、手早く粉ミルクとお湯を注ぎ、流水で冷ます。

「すごい飲みっぷりだね。あっという間だ。悠ちゃんは大きくなるぞ」

一気にミルクを飲み干した悠太郎の姿に、正之は無邪気に喜んだ。

正之は、和美が退院してから夜《よ》な夜な、保冷剤でおっぱいを冷やしていたことを知らない。

おっぱいからぎゃあぎゃあ泣いて逃げ回る悠太郎の姿も、悠太郎の泣き声の中で慌てて自分のおっぱいを搾る和美の姿も見ていない。

きっと正之は、おっぱいとミルクの違いさえもあまりわかっていないんだろうな、と思ったら、肩のあたりがずんと重くなった。

哺乳瓶でミルクをお腹いっぱい飲んだ悠太郎は、それからむずかることもなくぐっすりと眠った。

ほっとしたのも束《つか》の間《ま》。次の朝、正之が仕事に出かけた途端《とたん》、ひどい罪悪感に襲われた。ミルクを与えることだけはしたくなかった。だから授乳のたびに悠太郎を泣かせてまで、頑張ってきたはずだ。

一時の投げやりな気持ちで、取り返しのつかないことをしてしまったと思った。


「なんだか、急に疲れてしまったんです。おっぱいをあげる練習をするのが嫌になってしまったんです。もう努力なんてできない、って思ってしまったんです」

和美は悠太郎を抱きしめて、がっくりと肩を落とした。

涙がぽつっと一粒、悠太郎のガーゼのおくるみに落ちた。

「悠太郎くん、哺乳瓶を嫌がりませんでしたか?」

顔を上げると、律子がまっすぐこちらを見ていた。

和美の告白に厳しく意見を述べる顔でも、懺悔《ざんげ》を受け入れる優しい顔でもない。

「い、いいえ。哺乳瓶を口に近付けてあげたら、すごい勢いで一気に飲んでいました。嫌がっているということは、まったくありません」

和美は律子の生真面目《きまじめ》な様子に釣られて、ミルクを飲んだときの悠太郎の様子を懸命に思い出した。

「よかったですね」

律子が頷いた。

「えっ？」

和美は思わず訊き返した。

「哺乳瓶を使ってミルクを飲むことができると、万が一お母さんが体調を崩したときに安心して家族に預けることができます。昨夜は、悠太郎くんが哺乳瓶でミルクを飲むことができる、と確認したということにしましょう。たまにはそんな日も必要です」

律子は手元のカルテにさらさらとペンを走らせる。

「では、上を脱いで布団に横になってください。悠太郎くんは、ご自分の身体にくっつけてあげてくださいね」

律子がロールカーテンを閉じた。

「お着替えの間、悠太郎くんをお預かりしますね」

それまで二人の背後で黙っていたさおりが、急に飛び出してきた。

ウサギがびっくり箱から現れたような、素早い動きだ。

「あ、はい。お手数をおかけします」

「悠太郎くん、こんにちは」

さおりは眠っている悠太郎に、微笑みかけた。

腕ではなく上半身全体を差し出すようにして、慎重に悠太郎を受け取る。

さおりの両腕が、籐《とう》の籠のように柔らかく撓《しな》った。

「すぐに、ママのところに戻れますからね」

さおりは目尻を下げ切った笑みを浮かべている。口元は緩んで、でれでれだ。

それなのに裏声の〝赤ちゃんことば〟ではない、低くしっかりした声だ。

和美は小さく息を吸った。

Tシャツ素材のカットソーと、ブラカップ付きキャミソールの二枚。まとめて勢いよく脱ぐ。手早く畳んで、悠太郎のオムツで膨《ふく》れ上がったバッグに押し込む。

この部屋は不思議だ、と思った。

上半身裸《はだか》になっているのに、寒さをちっとも感じない。

家でおっぱいの練習のために乳房を出すときは、背がぞくりと冷えて肌にぼつぼつと鳥肌が立ったはずなのに。

よろけながら膝をつき、長い時間をかけてゆっくり布団に寝転がる。

「はい、悠太郎くん、お母さんの横で寝ていただきますね」

さおりが悠太郎を和美の左側に寝かせた。和美の腰から下に、薄いガーゼ素材のタオルケットをふわりと掛ける。

天女の羽衣《はごろも》のように薄い素材のガーゼなのに、身体中にほわんと広がる温もりを感じた。

脇腹に、悠太郎の細くて柔らかい髪の毛が触れた。

「それでは、おっぱいを診させていただきます」

律子が和美と目を合わせて、小さく目礼《もくれい》した。

6

大きな掌がおっぱいに触れたそのとき、和美は長く大きなため息をついた。

お湯で温めたタオル越しに、律子の掌の熱が心臓に届く。骨に届く。

おっぱいは、決して他人に触らせてはいけないものだ。

満員電車の中でも、周囲の人に間違ってぶつからないように身体を曲げて必死で守るものだ。

小さいと〝貧乳〟なんてひどい言われようをして、大きければそれが女性としての価値のようにもてはやされるものだ。

常に男性の性的な視線に晒《さら》される、セックスシンボルだ。

これまで私はそう信じていた。

「力を抜いて大丈夫です。私のマッサージは痛くありません」

和美ははっと律子を見上げた。

律子が頷いた。

「痛くない……」

律子の言葉を繰り返す。

氷が解けるように、身体中の筋肉の強張りがほぐれていくとわかった。

唇が開く。奥歯を噛みしめていたと気付く。こめかみが緩んで瞼《まぶた》が落ちる。

鼻の奥が痛くなるほどの眠気。

瞼越しに陽の光が揺れる。

ふわふわの布団の感触を背中に感じた。地面の中にゆったりと沈んでいくような、気が遠くなる感覚だった。

「出産から今日まで、お疲れさまでした。もう痛いことは起きません」

淡々とした声が聞こえた。

律子の言葉が胸の奥にじわじわと沁《し》み渡る。

「……よかった。ずっと、身体中が痛かったんです」

口に出した途端に、鈍《にぶ》い痛みが波のように押し寄せてきた。

あまりの苦しさに、息が詰まる。

私はこんなに痛みを抱えていたんだ、と胸の中で呟いた。

肩凝《こ》りがひどく、腰は立ち上がるたびにぎりぎりと軋《きし》んだ。出産のときの会陰切開《えいんせっかい》の跡も、硬い椅子に座ると飛び上がるように痛い。三時間おきに慣れない搾乳を続けた右手は腱鞘炎《けんしょうえん》だ。

おっぱいも痛かった。いくら冷やしても取り切れないごつごつした腫れと赤み。乳首は搾乳のしすぎで切れて血が滲んでいた。

痛みに身を委《ゆだ》ねて力を抜く。

しみじみ辛くて、目頭に薄《うっす》らと涙が浮かんだ。

律子は掌全体を使って、おっぱいの凝りをほぐすようなマッサージを施す。

猫になって日向《ひなた》で背を撫でられているような、穏やかな感触だ。

身体中がぽかぽかと温かくなるのがわかる。

ふいに、和美の頬を涙が伝ったのがわかった。

涙は後から後から流れ出す。

我慢しようと必死で呼吸を整えているのに、次第に小さな嗚咽《おえつ》が口から洩れた。

「大塚さんのおっぱいは、陥没乳頭《かんぼつにゅうとう》ですね。乳首が乳房の中に入り込んでしまっているので、赤ちゃんが吸い付くことができません。おっぱいの練習の前に、自分で乳首を押して引き出すことを心がけてください」

「えっ？」

和美は瞼を半開きにした。洟《はな》を啜《すす》る。

「赤ちゃんの口元におっぱいを持っていくときにもコツがあります。乳首を口に近づけるだけでは飲んでくれません。おっぱいをぺたんと潰して持ち、一、二、三、とタイミングをはかって、赤ちゃんの口に押し込んであげてください」

「赤ちゃんの口に押し込むんですか……？」

恐々《こわごわ》と訊き返すと、律子が「もちろん、無理やりやってはいけません」と付け加えた。

「ですが、赤ちゃんがお母さんのおっぱいを飲むためには、哺乳瓶で飲むときの何倍もの力が必要です。苦労を乗り越えておっぱいを飲ませるには、お母さんがおっぱいの形を整えて、赤ちゃんの体勢をしっかりサポートしてあげて、飲みやすい環境を作ることが大切です」

律子は和美の胸元のタオルを外した。

外気にさらされたはずなのに、おっぱいは凍えて縮まったりはしない。

蒸し立ての肉まんのように、内側からほかほかと熱を湛《たた》えている。

律子は迷いのない動きで、乳輪を押した。

直後に、おっぱいから絹糸のように細い線を描いた母乳が、天井に向かって五十センチほど飛んだ。

「わっ」

見たこともない光景に、思わず叫んだ。

「おっぱいの出はとてもよいです。三時間おきにおっぱいをあげる練習をして、搾乳を続けたおかげですね」

律子は金属製の洗面器に張ったお湯で、タオルを絞った。

「今後もおっぱいの量を保つためには、夜間も必ず三時間おきに、授乳や搾乳をしてください。身体は、授乳の回数で、赤ちゃんがどのくらいおっぱいを必要としているか判断しています。出せば出すほど、たくさんの量が出るようになります」

「……わかりました」

和美はぼんやりと呟いた。

自分の身体がおっぱいを出す仕組みなんてまったく知らなかった、と思う。

「ですが――」

律子は一拍《いっぱく》置いて、

「決めるのは大塚さんです。努力は必要ですが、決して無理をしてはいけません。心身ともに、大塚さんにとって一番心地よい形を考えてください」

きっぱりと言い切った。

「痛みはどうですか？」

律子に訊かれて、和美ははっと我に返った。

布団の上で、身体をもぞもぞさせる。指先を動かして、小さく首を回す。

「……ぜんぜん痛くないです。すごい！」

和美は目を丸くした。

恐る恐る半身を起こす。身体は驚くほど軽くなっていた。

布団に寝転がるときには、よろけながら身体を折っていたのに。

和美がいなくなったのを敏感に察して、悠太郎が眠りながら「うー」と不満の声を上げる。瞼より先に口が泣き声の形に開く。慌てて抱き上げた。

「よしよし、いい子。大丈夫よ」

悠太郎をあやしながら、思わず口元に笑みが浮かんだ。

「先生、まるで魔法みたいです！　どんな治療をしたんですか？　肩も、腰も、腕も、もちろんおっぱいも、身体中の痛みが消えているんです！」

和美は律子を振り返った。

「おっぱいのマッサージをしただけです」

律子は洗面器を抱えて、すっと立ち上がった。

「さおりさん、お願いします」

と囁くと、さおりが「はいっ」と駆け寄って洗面器を受け取った。

「ここは病院ではなく助産院です。治療、すなわち医療行為は何もできません。私は、〝母乳外来〟の助産師として、ただ赤ちゃんとお母さんへの保健指導をするだけです」

和美を見据える。

「ご自宅に帰ってしばらくすれば、きっと痛みは戻ってきます」

「えっ、そんな……」

無情な言葉に、和美は息を呑んだ。

「痛みが戻ってきてしまったら、どうしたらいいでしょう？」

急に泣き出したくなるような不安に襲われる。

「痛むところに手を当てて、ゆっくり撫でてもらってください。旦那さんでもご両親でもお友達でも、大塚さんが信頼できると思う人なら、だれでも構いません」

律子が眉を下げて、ほんのわずか微笑んだ。

まるで泣き笑いのようなその笑顔は、和美の見間違いだったかのようにすぐに消えた。

「手を当てて、撫でてもらうんですか？　ほんとうにそれだけで……」

和美は首を捻った。

「大塚さんの身体の痛みは、出産前後の疲労による筋肉の強張りです。外科的な治療を必要とするものではありません。ならば、それで必ず軽減します」

律子はそう言い切って、すっと踵《きびす》を返した。

7

リビングに悠太郎の泣き声が響く。

「はいはい、ちょっと待っててね」

和美はパジャマのボタンを外した。

大きな三角巾《さんかくきん》を当てているような授乳用ブラジャーを外す。

よしっ、と心で呟く。

陥没乳頭を改善する方法と、悠太郎におっぱいを飲ませるコツ。

手順を思い出しながら、凹んだ乳首をぐっと引っ張り出す。おっぱいを上下から握って、ハンバーガーのようにぺたんこにする。

「悠ちゃん、泣かなくて大丈夫よ。すぐにおっぱいをあげるからね」

泣いている悠太郎に優しい言葉をかけ、おっぱいを口元に持っていこうとした。

ふと、手を止めた。

悠太郎の顔をじっと見つめる。

悠太郎は真っ赤な顔をして泣きながら、じたばた両手を振り回している。

これまでは、おっぱいが嫌で嫌でたまらない姿に見えた。近づいてくるおっぱいを必死で振り払おうとしているように見えた。

大きく一度深呼吸をした。

裸の胸に、悠太郎をぎゅっと抱きしめた。

「悠ちゃん、いい子。いい子だね」

悠太郎の頭を、そっと撫でた。絹糸よりもさらに細いふわふわの髪が、和美の掌をくすぐる。

悠太郎の額に頬を寄せた。

元気な泣き声が耳に飛び込んでくる。頭がくらくらするほどの大声だ。

和美は息を抜いて微笑んだ。

悠太郎の額に、ちゅっと音を立てて唇を押し当てる。

「さあ、おっぱいの練習、頑張ろう！」

悠太郎を授乳クッションの上に横たえた。

右手は悠太郎の頭に添えて、左手ではおっぱいを潰すように握る。

「一、二、三！」

声をかけて勢いよく。悠太郎はいつものように「ぎゃーっ」と泣いて全力拒否だ。

「うーん、じゃあ、もう一回だけ。一、二、三！」

そのとき、玄関の鍵の開く音が聞こえた。

はっとパジャマの胸元のボタンに手を添えた。

「ただいま！　悠ちゃん、パパですよー」

正之の明るい声。

「悠ちゃんは、今日もいい子にしていたかなー？」

〝赤ちゃんことば〟の裏声だ。

和美は苦笑いを浮かべた。

正之はこの数日の私の苦労なんて、きっとちっともわかっていない。

小さく笑ってため息をつく。

当たり前だ。だって私は正之に何も伝えていないんだから。最初からおっぱいのことなんて、正之には決してわからないと決めつけていたのだから――。

あれっ？　と胸に違和感を感じた。

「おかえり！　正くん、来て！」

和美は思わず大きな声を出した。

まるでおっぱいを掃除機に吸い込まれたような、強い力だ。

こんなに小さくて可愛らしい悠太郎の口が吸い付いているとは、到底信じられない。

搾乳で切れた乳首の傷に、とんでもない力がかかる。

はっきり言って、すごく痛い。

「どうしたの？」

和美の声に慌ててリビングに駆け込んできた正之は、素早くはっと目を逸らした。

「見て！　悠ちゃん、私のおっぱい飲んでるかも！」

和美はパジャマの胸元を大きく開いて、自分のおっぱいを指さした。

悠太郎が吸う力は、和美の背骨に響くほど強い。

リズミカルにぐんぐんと、和美の身体から母乳を〝吸い上げて〟いく。

悠太郎に吸われて、和美のおっぱいは搗《つ》きたてのお餅のようにびよんと伸びた。

こんなに強い力で毎日吸われたら、きっと私のおっぱいは、しわしわのぺちゃんこになってしまうんだろうな。

そう心で呟いてみたら、急に腹が据わった気がした。

「えっ？」

正之が困惑した顔で首を傾《かし》げた。

「あのね、今まで悠ちゃん、私のおっぱいをぜんぜん飲んでくれなかったの」

おっぱいにしっかりと吸い付いた悠太郎を、強く抱きしめる。

「おっぱいを飲んでくれないと、すごくすごく大変なの！　泣いて嫌がる悠ちゃんに無理やりおっぱいを押し付けて練習させていると、とっても悲しくなるの。結局三時間ごとに私が自分で自分のおっぱいを延々と搾って、それをスプーンで一さじずつあげないといけないの」

和美は堰《せき》を切ったように続けた。

「ずっとおっぱいのことを考えていて、一日なんてあっという間に終わっちゃうの。悠ちゃんを元気に大きく育ててあげたいだけなのに、不安で不安でたまらなくなるの」

いつの間にか身体中の力が抜けて、頬に涙が伝っていた。

家族の幸福に、私が水を差してはいけないと思っていた。

赤ちゃんにおっぱいをあげることさえできなくて、不安だらけの私の姿なんて、決して見せてはいけないと思っていた。

正之の眉が下がった。

「ちっとも知らなかったよ……」

正之はどぎまぎと視線を逸らしながら、それでも少しずつ、和美と悠太郎にまっすぐな視線を向けた。

「僕に、何かできることはある？」

正之が、おっぱいに吸い付いた悠太郎の頬を人差し指でそっと触った。

悠太郎の頬に小さなえくぼができた。

和美の脳裏《のうり》に、律子の言葉が蘇《よみがえ》った。

「悠ちゃんのおっぱいが終わったら、私の肩を触ってくれる？　首も、腰も、掌も」

「マッサージをして、ってこと？　もちろんいいけれど、僕でうまくできるかなあ」

「上手になんてできなくていいの。ただ触っていてくれれば、それで治るはずなの」

和美は律子の言葉を繰り返した。

「本当に？」

正之が不思議そうな顔をした。

「うん。助産師の〃おっぱい先生〃がそう言ってたの」

和美はきっぱりと頷いた。

「……〃おっぱい先生〃か」

正之は〃おっぱい〃と言うときだけ、少し恥ずかしそうに呟いた。

「助産師さんって聞いたら、出産のときを思い出したよ。僕は本当に頼りなくて、陣痛室《じんつうしつ》の助産師さんにたくさん怒られたね」

正之は頭を掻いた。

ほんの一週間ほど前のことなのに、目を細めて懐かしそうな顔だ。

「そう。正くんがカメラの電池がなくて動画が撮れない、って慌ててたら、助産師さんに『そんなことをしている場合じゃないでしょう！　奥さんの腰をさすってあげて！』って
……」

和美は、あっ、と言葉を止めた。

陣痛室のベッドの光景を思い出す。

陣痛が来ても、子宮口《しきゅうこう》が開き切ってまさに赤ちゃんが生まれるというときまでは、分娩台に乗ることはできない。それまでは陣痛室と呼ばれる小部屋で、丸々二十四時間以上、不眠不休で陣痛の苦しみに耐えていた。

和美は、身体中がばらばらになるんじゃないかと思うほどの鋭《するど》い陣痛に唸《うな》りながら、ベッドの上で、文字どおり転げ回っていた。

「和美、和美？　大丈夫？」

と、気弱な声をかけてくる正之に、

「ぜんぜん、ダイジョウブじゃない！」

と、鬼の形相《ぎょうそう》で怒鳴り返したりもした。

「……正くんが腰をさすってくれたとき、本当に痛みが消えたような気がしたんだ」

和美はぼんやりと呟いた。

医療行為でもなければ魔法でもない。ただ正之が掌を当てて、ひたすらさすってくれていただけだ。

それでも正之の掌の温かさのおかげで、確実に陣痛の苦しみは和らいでいた。

誰かが自分の身体に触れて、心を込めて撫でてくれることで、私は救われていたんだ。

ふいに、泣き声が聞こえた。

慌てて視線を落とすと、悠太郎がおっぱいから口を離して大きく首を振っている。

「悠ちゃん、ちょっと頑張りすぎて疲れちゃったかな？」

和美は正之と顔を見合わせて笑った。

「少しずつ、練習していこうな」

正之が小さく両拳を握って、頑張れ、と呟いた。

和美はゆっくりと悠太郎の頭を撫でた。背を撫でて、肩を撫でて、頰を撫でた。小さな鼻を撫でて、小さな耳を撫でて、水気を帯びた小さな掌をくすぐった。

悠太郎は泣くのを止めて、気持ちよさそうに目を細めた。

これから先ずっとずっと。悠太郎が「お母さん、やめてよ」って怒るまで。私はこの子をいっぱい撫でてあげよう。

悠太郎がおっぱいを飲めても、飲めなくても。

そんなことよりも、もっともっと大事なことがあるんだから。

和美の胸に温かいものが広がった。

なんだかぼうっと眠くなった気がした。

第二話

おっぱいが出ない

1

「何も問題ありませんね。元気いっぱいの健康優良児です」

初老の男性医師が、穏やかに頷いた。

「ありがとうございます。花菜《かな》ちゃん、元気いっぱいだって。よかったね……」

紺野小春《こんのこはる》は、娘の花菜を胸にぎゅっと抱きしめた。

「お母さんは、赤ちゃんのことで何か気にかかることはありますか？」

「い、いいえ、特にありません。とても育てやすい、いい子です」

小春は間を置かずに答えた。

テーブルの上の母子手帳は、ぐんと伸びる成長曲線が描かれたページが開かれている。

むっちりと身の詰まった花菜の身体を、よいしょと抱き直した。

この四ヶ月、私のおっぱいひとつで花菜をここまで大きくしたのだ。胸に誇らしい気持ちが広がる。

花菜が涎《よだれ》に濡れた手で、小春のTシャツの胸元を引っ張った。

「ちょ、ちょっと待ってね。先生の問診《もんしん》が終わったらね」

小春は慌ててTシャツを直す。ついでに花菜の口と手をハンドタオルでちょい、と拭く。医師の背後では、エプロン姿の保健センターの職員が、忙しそうに駆け回っていた。

「では、健診《けんしん》はこれで終わりになります。暑いので、熱中症に気を付けて帰ってくださいね。室内ではクーラーを欠かさずに」

一番緊張していた小児科医の問診は、時間にしてほんの二、三分だった。

朝から花菜の身長体重を測ったり保健師との面談をしたり、いろんな部屋を出入りして忙しく駆け回った。

問診室を出ると、保健センターの廊下は、抱っこ紐で赤ちゃんを胸に抱いたお母さんでいっぱいだ。

窓の外は目が眩《くら》むくらい明るい。七月の空からぎらぎらと鋭い日差しが降り注ぐ。

帰り道はとんでもなく暑くなりそうだ、と思った。

今日は、区で行われる赤ちゃんの四ヶ月健診の日だ。

同じ区内で暮らす同じ月齢《げつれい》の赤ちゃんが、保健センターに一斉に集《つど》う。

花菜は生後三ヶ月ごろに首が据わってから、急に身体に一本芯が通ったように見えて頼もしくなった。体重は生まれたときの倍くらいになった。

体力もずいぶんついた。おっぱいを飲むとすぐに疲れてうとうとと眠ってしまった生後一ヶ月、新生児《しんせいじ》の頃とはまったく違う。

日中起きている時間が長くなり、喃語《なんご》と呼ばれる赤ちゃん特有の「うーうー」という言葉を生き生きと喋るようになる。

そして何よりここ最近の、花菜の笑顔は最高だ。

ゆっくりと目を細めて、顔をふにゃりと緩めて、心底嬉しそうに笑う。

小春の身体もみるみる回復して、傷の痛みもなくなりお腹もすっかり凹んだ。

抱っこのしすぎで腰と腕に慢性的《まんせいてき》な痛みはあるが、産後すぐの、まるで車にはね飛ばされたように全身の骨がきりきりと痛む感じとはまるで違う。

赤ちゃんの授乳のリズムも、四時間から五時間ごとになっている。

最近はごくたまに、夜に六時間くらいまとめて寝てくれる日もあった。

「……すみません、授乳室はどこですか？」

小春はしばらく周囲をきょろきょろと見回してから、保健センターの職員を呼び止めた。

廊下にはあまりにもたくさんの人がいて、背の低い小春は埋もれてしまった。

案内板を探してもぜんぜん見つかりそうもない。

「まっすぐ行って突き当たりを右です。まあ、赤ちゃん、お腹ぺこぺこですね。もうすぐよ。もうすぐママのおっぱい飲めるからね」

保健センターの職員が、くすっと笑った。膝をかがめて花菜に話しかける。

「ありがとうございます。……花菜ちゃん、もうすぐだから待ってね」

お礼を言いながら、慌てて花菜の手をそっと押さえる。

花菜の手はいつの間にか小春のTシャツの中だ。

授乳用のTシャツなので、左右の胸元、ちょうどおっぱいのところに、服を着たまま乳首を出すためのポケットがついている。

ポケットとはいっても、うまく生地《きじ》にプリーツを折り込んだデザインのようになって、見た目は普通の服と変わらない。

そのはずが、花菜がポケットに手を突っ込んでいるせいで、そこから肌が丸見えだ。

人の波を縫うようにして、ようやく〝授乳室〟と貼り紙のある部屋に辿《たど》り着いた。

ブラインドの閉じられた二十畳ほどの殺風景な部屋に、長椅子がいくつも置いてあった。

先客は十組ほどいる。結構多い。

普段は会議室として使われている場所を、健診のときだけ臨時で授乳室にしているのだろう。

「お待たせ。花菜ちゃんの大好きなおっぱいよ」

小春は空いていた入り口近くの長椅子に腰かけた。

授乳服のポケットから乳首を出し、花菜を横抱きにする。

途端に、花菜はおっぱいにしがみつくようにして吸い始めた。

「今日は暑かったから、喉が渇いちゃったね」

花菜の背を優しくとんとんと叩く。丸い顎《あご》が、まるで硬いものを嚙み砕いているように力強く動いているのがわかった。

人差し指で花菜の頰をちょん、と触ったら、「ん？」というように小春を見上げた。

花菜の目元が満足そうににこっと笑う。

小春も思わず目を細めた。

この部屋にいるのはみんな赤ちゃんのいるお母さんとはいえ、一応、人前だ。でれでれのにやけ笑いの浮かぶ口元を、どうにか抑える。

おっぱいをあげるのは、赤ちゃんのお世話の中でも一番好きなことだ。

生まれたその日から、花菜は小春のおっぱいが大好きだ。朝も昼も夜も、小春のおっぱいを求めて泣き、おっぱいさえあればすぐに落ち着く。

小春のほうも、花菜におっぱいをあげていると心の底から幸せを感じる。

花菜への切ないほどの愛情と、お母さんとしての誇りはもちろん。

両方のおっぱいにずっしりと溜まっていた母乳がするすると吸い出されるときの、文字どおり身体が軽くなるような感覚も気持ちがよかった。

「失礼しまーす」

ふいに、授乳室のドアが開いて、大声で泣く赤ちゃんを抱いたお母さんが入ってきた。

赤ちゃんは緑と黒のボーダーのTシャツを着ているので男の子だろう。両手足を振り回して元気いっぱいに泣き喚いている。

お母さんは、席を探すように周囲を見回した。

背が高くて眉毛が濃い。真面目そうな雰囲気で、口角はきゅっと上がっている。

年齢は三十代後半くらいだろう。二十七歳の小春より一回りくらい年上に思える。

ジーンズ姿で赤ちゃんを抱いていても、一目見て仕事を持っている女性とわかる。頼りがいのある、きびきびとした仕草の人だ。

「こちら空いてますよ、どうぞ」

小春は片手でマザーズバッグを背中の側に置き直した。

「すみません、助かります。ありがとうございます」

お母さんはよく通る声で言った。

丁寧な挨拶に、小春の心がふわっと温かくなった。

お母さんは前開きのシャツのボタンを開けて、赤ちゃんにおっぱいを飲ませようとする。

が、赤ちゃんがぐずってうまく行かない。

「おーい、悠ちゃん。おっぱいですよ」

お母さんが何度とんとんと肩を叩いても、赤ちゃんはいよいよ大泣きだ。

「もう、じゃあ、今日はミルクにしておこうか」

お母さんは小さくため息をつくと、授乳室の壁際にあった調乳用のポットを使って、手際よく粉ミルクの準備をした。

哺乳瓶からミルクをもらって、赤ちゃんはやっと泣き止《や》んだ。

「はあー、やれやれ。やっぱり悠ちゃんは、お外ではおっぱいは難しいのね」

お母さんは肩を竦めた。

先ほど小春にお礼を言ったときはとても丁寧な物腰だったのに、赤ちゃんに話しかけるときになると急に大らかであっけらかんとしている。

肩の力が抜けた、気持ちのよい人だと思った。

「その授乳服、とっても素敵ですね」

親しげに声をかけられて、思わず笑みが浮かんだ。

「わあ……、本当ですか？　ネットで見つけたんです。生地はちょっと薄いけれど、真夏にはちょうどいいですよ。お値段も普通のＴシャツと、ほとんど変わらないくらいです」

小春は普段より数倍も早口で答えた。

最近、私ってこんなにお喋りだったかなあと、不思議な気持ちになることがある。元から無口なほうだ。

それが、少し気持ちがほっとするきっかけがあると、驚くほどするする言葉が流れ出る。出産してからさすがに誰とも話をしていない時間が長すぎて、身体がお喋りを求めているのかもしれない。

「お店、教えてもらえますか？」

「もちろんです。今すぐには思い出せないんですが……。スマホの購入履歴を見ればわかるので、お互い、手が空いたら」

小春は腕の中の花菜に、次に悠ちゃんと呼ばれた赤ちゃんに目を向けた。

「ありがとうございます。私は大塚和美です。この子は悠太郎。よろしくお願いします」

「私は紺野です。紺野小春。この子は花菜ちゃんです」

あっと喉の奥で声を出す。

うっかり自分の子のことを、花菜〝ちゃん〟なんて紹介してしまった。

小春は頬が熱くなるのを感じた。

「花菜ちゃん、はじめまして。可愛らしいお名前ですね」

和美はちっとも気にしていない顔で、花菜に微笑みかけた。

小春ははにかんで顔を伏せた。

花菜の名前を褒められたのが、嬉しくてたまらなかった。

「ありがとうございます」と言って、「悠太郎くんもいいお名前ですね」と、気軽に応じたい。

それなのに、急にいつもの引っ込み思案な自分に戻ってしまった気がした。

「花菜ちゃんは、おっぱいが大好きですね。悠太郎は、お外だと基本おっぱいは全力でお断りなので、ちょっと羨《うらや》ましいです」

和美が掌で前に向かってぐっと押し返す仕草をした。眉間に皺が寄っている。

おっぱいを拒絶する悠太郎の真似だろう。

母乳のことは同じお母さん同士、とても繊細《せんさい》な問題だ。おっぱいから母乳をあげることができなくて、とても悩む人もいると聞く。

小春は和美の剽軽《ひょうきん》な仕草に一緒に笑っていいのかわからず、どぎまぎした気持ちで小さく頷いた。

「でも〝おっぱい先生〟に通ったおかげで、私、おっぱいのことはもう吹っ切れました。ぐじぐじ悩まないって決めたんです。この子に任せてます」

和美はからっと笑った。

小春は和美をまじまじと見つめた。

目の前にいる和美は〝ぐじぐじ悩む〟なんてこととはまったく無縁の、賢《かしこ》くさっぱりした女性に見える。

自分が深刻に悩んでいたことを、こんなふうにあっさりと話してしまえる強さが眩しかった。

「……〝おっぱい先生〟って何のことですか？」

小春はさりげなく訊いた。

「上町にある《みどり助産院》の助産師さんです。お母さんと赤ちゃんのおっぱいについての悩みを解決してくれる〝おっぱいの専門家〟です」

小春はへえっと頷いた。

「そんな人がいるんですね。初めて知りました」

「でも紺野さんには、〝おっぱい先生〟は必要なさそうですよね。私が病院で隣のベッドになった、〝百点満点のおっぱい〟のお母さんみたいです」

「〝百点満点のおっぱい〟だなんて、そんな……」

小春は照れ笑いを浮かべて、また言葉を失った。

自分の腕の中で、一心不乱におっぱいを飲む花菜に視線を落とす。

花菜は本当に育てやすい子だ。毎日私のおっぱいをたくさん飲んでくれる。夜泣きもほとんどせず、いつもにこにこご機嫌《きげん》だ。

私は本当に恵まれているんだな。

小春は心の中で呟いた。

2

「ただいまー」

誰もいないマンションの部屋に戻って、小春はまず最初にエアコンのスイッチを入れた。

籠《こも》った熱気が急速に冷やされて、ほっと息をつく。

汗でびっしょりになったTシャツの背中が、肌に貼りつく。

花菜は抱っこ紐の中でお昼寝中だ。

花菜の手足に触れて、熱くなりすぎていないことを確認する。

日傘を差してうちわで扇《あお》いで、時々濡れタオルで顔を拭いて、熱中症には細心の注意を払いながら帰ってきた。

「それじゃあ花菜ちゃん、ベッドでゆっくりお昼寝しようね」

独《ひと》り言《ごと》のように小さな声で囁いて、リビングの隅のベビーベッドに向かう。

ことこと走る電車の揺れを意識して、敢《あ》えて花菜の身体を優しく揺らした。

そっと息を潜めて、抱っこ紐のバックルをかちんと外す。

「はい、花菜ちゃん、気のせい。気のせいよー。ママは一緒にいるよ」

明るく声をかけて、手際よく花菜をベッドに寝かせた。

「うーん」

花菜はほんの一瞬だけ泣き顔を作りかけてから、すぐに眠気に負けたように眠りに落ちた。

五重ガーゼ素材のバスタオルを脇のあたりまで掛けてあげて、しばらく見守る。

すーすーと規則正しい寝息の音が聞こえてきた。

寝かしつけは大成功だ。

小春はすぼめた肩をすとんと落とした。小さく微笑む。

空っぽの抱っこ紐を腰に括《くく》り付けたまま、今度は台所へ向かう。

冷蔵庫で冷やしておいた麦茶をグラスになみなみと注いで、リビングに戻ってきた。

ソファに深く腰かけて、麦茶を一気に飲み干す。

「あー、おいしい。生き返るなあ」
思わず声が出た。真夏の日差しに火照《ほて》った身体から、するすると熱が引くのがわかる。
「アイスも食べちゃおうっと」
抱っこ紐をちゃんと外して、今度は冷凍庫から大好物のあずきバーを取りに行く。
硬いあずきバーを齧《かじ》りながら、ベビーベッドで眠る花菜をのんびりと見つめた。
花菜は両腕をバンザイの形にして、小さないびきをかいて眠り込んでいる。
健診で、今まで見たこともないくらいたくさんの人に会って、疲れたのだろう。
小春はあずきバーを奥歯でごりっと嚙んだ。冷たい小豆の冷気が鼻先に抜ける。
小さい頃、田舎の祖母の家で食べた夏休みの味だ。
仕事で忙しい両親に代わって、小春のことを誰よりも可愛がってくれた祖母。
もしも今、祖母が生きていれば、どれほど花菜を可愛がってくれただろう。
「花菜ちゃん」
花菜には聞こえないように口の中だけで呼んだ。
どうしてこの子はこんなに可愛いんだろう。
いつまでもずっと、このまま眺めていたいと思う。
ふいに、小春は目に涙が浮かぶほどの幸せを感じた。

私はずっとずっと、こんな日々を求めていたんだ。

小春が生まれ育ったのは、埼玉県の新興住宅地で暮らすサラリーマン家庭だ。物心ついた頃から地味で控えめな性格だった。背が低くて鼻が丸く、ぽっちゃりと太っていた。

二つ年上の姉は、小春の姉とは思えない色白で細くて美しい少女だった。おまけに勉強ができて努力家で、何事にも物怖《ものお》じしない積極的な性格だ。

これまでに出会ったたいていの大人は、姉の持つ華やかさに魅了された。成績は常にトップ、文化祭の演劇ではいつでも主役に選ばれる姉を見て、両親の〝育て方〟がよほど良いに違いないと褒めそやした。

家でも学校でも、小春は〝あの姉の〟妹として、陰に隠れて生きていた。

小春は勉強でも遊びでも、勝ち負けの闘いの世界が苦手だった。白熱するスポーツの試合を見ても、負けたほうのことばかりが気になって物悲しい気持ちになった。

才能を伸ばし、お金や地位を求める華やかな生き方なんて、自分には絶対に向いていないと思った。

極力揉め事を避けて、目立たず心穏やかに生きたかった。

高校生の頃に担任教師に将来の夢を訊かれて、「家庭を守るお母さんになりたいです」と答えたら、「そんなの時代遅れだ」と笑われた。

結局、女子大の児童文学科に推薦《すいせん》で入学した。

サークル活動や合コンで華やかに過ごす周囲を尻目に、真面目に授業に通い、空いた時間に近所のコンビニでアルバイトをしていただけの学生生活だ。

卒業後に事務職として働き始めた国内大手の化学《かがく》メーカーは、女性は揃って控えめな性格の人が多く、小春には居心地がよかった。しかし入社して五年目に、会社が外資系企業に吸収合併されてしまった。

総合職、一般職の区別を廃止して、皆が全国転勤のある勤務形態になると聞いて、そんな過酷《かこく》な環境、私には務まるはずがない、と慌てて退職した。

退職後に派遣《はけん》事務職として製薬《せいやく》会社で働いていたときに出会ったのが、夫の敦史《あつし》だ。

敦史は薬剤師《やくざいし》の資格を持ち、病院に自社製品の営業をするMRという仕事をしていた。

病院から病院へと終日飛び回っているMRの代わりに、小春たち派遣事務のスタッフが注文の打ち込みや納品調整といった、細かい事務作業全般のサポートをした。

敦史のことは、「挨拶をとても丁寧にしてくれる社員さん」と覚えていた。

大きな身体に穏やかな目をして、とにかく人の頼みを断れない優しい性格だった。

上司や同僚に明らかに面倒な仕事を押し付けられても、「困ったなあ」と言いながらのんびり頭を掻いていた。

なんだか放っておけなくて、残業や早朝出勤をして精一杯手伝った。

「もしよかったら、二人で食事に行きませんか？」

敦史に声をかけられたときの驚きを、小春は今でもはっきりと思い出せる。

派遣スタッフには、小春よりも可愛くて華やかな若い女性がたくさんいた。

地味でぱっとしない自分をデートに誘ってくれる男の人なんて、この世界にいるはずがないと思い込んでいた。

とんとん拍子に結婚が決まり、入籍してから半年で妊娠がわかった。

「小春も知っているとおり、僕の仕事は〝激務〟だからさ、家事や育児のサポートはほとんどできないと思うんだ。小春が家のことに専念してくれたら、とても助かるんだけど……」

敦史は申し訳なさそうに言った。

小春は仕事をすっぱりと辞めて家庭に入ることに、迷いはまったくなかった。

これでずっと夢だった「家庭を守るお母さん」になれる、と、嬉しかった。

産後は二ヶ月ほど、埼玉の実家に里帰りして過ごした。

里帰りにしては少し長いが、敦史は文句一つ言わず快《こころよ》く送り出してくれた。

姉はとっくの昔に家を出ていた。有名私立大学を出て外資系保険会社の営業として、職場の近くでひとり暮らしをしながら、敦史に負けず劣らずの〝激務〟の仕事に全力を注いでいる。

里帰りのうちに一度くらい花菜の顔を見に来るのかと思ったが、仕事が忙しいといって、結局予定が合わなかった。

その代わりといって、目玉が飛び出るような額の〝出産祝い〟をもらった。

「お姉ちゃん、御祝いありがとう。でもこんなにたくさん、大丈夫なの？　なんだかびっくりしちゃって……」

恐る恐る訊くと、電話の向こうで「大丈夫に決まっているでしょ」と、自信に満ちた笑い声が響いた。

姉はまだ二十九歳だ。高い能力を持ち、自分にしかできない替えのきかない仕事を志す女性にとっては、貴重な若い時間を出産と育児で消費してしまうなんて、思いもよらないのだろう。

小春は誰にも気兼ねすることなく、上げ膳据え膳で三食を用意してもらい、久しぶりに娘気分で両親に甘えることができた。

夜も数時間ごとの授乳で睡眠不足になった産後一ヶ月ほどの期間だけは、さすがに疲れを感じた。

しかしそれもすぐに慣れた。

今では、花菜が寝たら昼間でも一緒に横になり、花菜が起きているときは一緒に起きる、動物の親子のような生活だ。

敦史は毎朝七時に家を出て、日付が変わる頃に帰宅する日々だ。

土日も接待《せったい》ゴルフなどで出かけることが多い。

敦史の食事の準備は朝食の分だけでよいので、夕飯は焼きそばなど簡単なものを作ったり、スーパーのお惣菜《そうざい》で済ませたりと、とても気楽に過ごしている。

小春は美容院に行きたくて居ても立ってもいられなくなることはないし、女友達と飲みに行きたいと思うこともない。

本屋の前を通ると、たまには夜遅くまで本を読みたいなあと思うこともあるけれど、その気持ちもいつの間にか消えてしまう。

ただ花菜と二人でのんびり過ごすことができるこの毎日が続くことを、心から願っていた。

「うわあん」

か細い泣き声に、はっと目を覚ました。

いつの間にかソファでことんと眠ってしまっていた。

「はーい。花菜ちゃん、ママはここよ」

乱れた髪のゴムを解いて、急いでもう一度まとめ直す。

ベビーベッドを覗くと、花菜は涙がいっぱい溜まった目をして小春に向かって両掌を差し伸べた。

その仕草が愛おしくて愛おしくて、胸が締め付けられるような気がする。

「おいで、花菜ちゃん。そろそろ、おっぱいかな？」

壁の時計を見ると、保健センターの授乳室でおっぱいをあげてからちょうど三時間くらい経っていた。

授乳の時間には少し早いけれども、きっと暑い中を歩いたから喉が渇いたのだろう。

授乳服のポケットを開いておっぱいを出す。花菜を横抱きにする。

花菜はおっぱいに吸い付いた。

「えっ……？」

小春は首を傾げた。

花菜がおっぱいから口を離して、首を左右に振っていやいやをしている。

まだおっぱいを飲み始めてから、ほんの一、二分くらいしか経っていない。

「花菜ちゃん？　どうしたの？」

優しい声で言って、もう一度おっぱいを花菜の口元に持っていく。

花菜は再びおっぱいにぱくんと吸い付く。と、またすぐに口を離した。

「うわあぁん」

花菜は眉を下げて、いかにも悲痛な顔で泣き出した。

「嘘？　どうして？　花菜ちゃんの大好きなおっぱいだよ？」

小春は冷や汗が出るような気持ちで、花菜に語りかけた。

もう一度花菜におっぱいを近づけたら、小さな掌でぱちんと叩かれた。

「痛っ」

思いのほか強い力に驚いた。

乳輪の近くに小さな赤い引っ掻き傷がついている。

思わずおっぱいを触ってみた。

ぎくりとした。

いつもと感触が違う。

これまで、前の授乳を終えてほんの一時間もすれば、母乳が溜まってぱんぱんに張っていたはずのおっぱいが、ぺしゃんこに萎《しな》びていた。

おっぱいの中に母乳がぜんぜん入っていないのは、一目でわかった。

「もしかして、私のおっぱい……」

小春の胸に重苦しいものが広がった。

3

ネットでいくら探してみても、《みどり助産院》の情報は見つからなかった。

ふと思い直して〝おっぱい先生〟というキーワードを入れて検索してみても、出てくるのは下品なサイトばかりだ。

真剣に〝おっぱい〟について調べているときにアダルトサイトが現れると、こっちはふざけている場合じゃないのよ、と本気でむっとした。

「先日は、ありがとうございました。お会いできて嬉しかったです。そして急にすみません、大塚さんがお話しされていた〝おっぱい先生〟のこと、詳《くわ》しく教えていただけないでしょうか？」

敦史を送り出した後の朝のひと時。

これだけの文章を書くのに一時間近く、ああでもないこうでもないと悩んで文面を考えた。

小春は意を決して、連絡先を交換していた和美にスマホからメッセージを送った。

「もちろんです！」

和美からのたった一言、頼もしい返信の直後、《みどり助産院》の住所と電話番号が送られてきた。

何かあったの？　と小春の事情を訊くような言葉は一切ない。

「ぐじぐじ悩まないって決めたんです」と朗《ほが》らかに笑った和美の顔を思い出す。

和美のあっさりした返信に、同じ悩みを抱えたことのある同志として、「頑張って！」と背中をぽんと叩かれたような気がした。

住所を見ると、小春のマンションの最寄り駅である世田谷線上町駅から、歩いてすぐの住宅地だ。

まずは駅前のスーパーに行くついでに、どんなところなのか様子を見てこようと思った。

花菜を振り返ると、リビングに敷いたプレイシートの上で、天井を見て両足をぱたぱたさせている。

口に入れてもいい、キリンの形のゴムのおもちゃを齧ってご機嫌だ。

「花菜ちゃん、今からお散歩に行こうか。お日さまが上がって暑くなっちゃう前に」

小春は敢えて楽しげに声をかけた。

あれから花菜は、小春のおっぱいを飲んではすぐに止めてしまう。

おっぱいの中に母乳が少しも溜まっていないのだから、当たり前だ。

いつまでもお腹が減っていてはかわいそうなので、昨日のうちに慌ててドラッグストアで粉ミルクと哺乳瓶を買ってきた。

母乳だけで育った赤ちゃんは、哺乳瓶を嫌がる場合もあると聞いたことがあった。が、花菜は案外あっさりと哺乳瓶でミルクを飲んでくれた。

しかしそのミルクも、四ヶ月の赤ちゃんの規定量の半分も飲んだあたりで止めてしまう。途中からは哺乳瓶を嫌がって、もちろん小春のおっぱいも嫌がって、何もかも嫌がって一時間ほど泣き喚いてから、ついに泣き疲れて寝てしまった。

授乳のたびに、この繰り返しだ。

花菜はこの世の終わりのように怒って泣き喚く。

理由はわかっていた。私のおっぱいが出なくなってしまったせいだ。

花菜を抱っこ紐で胸に抱き、日傘を差して、うちわと冷やした濡れタオルを持って外へ出た。

うだるような暑い日々が続いているが、まだカレンダーでは七月に入ったばかりだ。陽の光は強烈だったが、午前中、早い時間の風は涼しい。街路樹に止まった蟬《せみ》が、じじっと、ネジを巻くように少しだけ鳴く。

小春はあらかじめネットで調べて頭の中に入れておいた道順を、早足で進んだ。

《みどり助産院》はすぐに見つかった。

牛乳パックのような形の三階建ての真新しい分譲住宅が、いくつも立ち並ぶ一角。

壁一面が蔦で覆われて緑色になった、赤い屋根に白い壁の古い家だった。

蔦の葉はどれもが青く瑞々しく、変色した古い葉はどこにもない。日々丹念《たんねん》に手入れされているとわかる。

蔦の葉に埋もれかけた《みどり助産院》の木製の看板には、雨垂れの跡も黒い黴《かび》もない。毎朝、相当きちんと磨いているのだろう。

ふいに、祖母の家を思い出した。

田舎の畑の隅にある、とても古くてそれほど広いわけでもない家。

だけど、家の中も外も毎日時間をかけて磨き上げられていて、気持ちのいいところだった。

玄関先にはペンキの剝げかけた古びた鉄門がある。門を入ってすぐのところに、真新しいベビーカーが一台置いてあった。

塀の向こうから、赤ちゃんの泣き声がすぐ近くに聞こえた。

思わず耳を澄《す》ます。

まだ生まれたばかりの赤ちゃんの泣き声だ、とわかった。

赤ちゃんの泣き声は月齢によってまったく違う。

生後すぐはこの世界で生きることに不安を感じているような、どこか物悲しい泣き声だ。

自分が何を求めているのかもよくわかっていなくて、ただとにかく「ママ」のことを必死に呼び続ける泣き声だ。

「花菜ちゃん、小さい赤ちゃんがいるね……」

赤ちゃんの泣き声を聞いたら、急に生まれたばかりの花菜の小さな姿を思い出した。

それがまだほんの四ヶ月前のことだなんて、信じられないような気持ちだ。

「こんにちはっ！」

はきはきとした若い女性の声に、驚いて周囲を見回す。

「ここです、ここです！　少々、お待ちくださいね」

蔦で覆われたブロック塀の上から、額をすっきり出したお団子髪の女性が手を振っている姿が見えた。

鼻から上だけしか見えないが、睫毛が長く目がぱっちりした可愛らしい人だ。

そして——かなりの長身だ。

女性は塀沿いを一目散に走った。と、門からぴょこんと飛び出した。

「はじめまして。田丸さおりと申します。《みどり助産院》の見習いです」

さおりは勢いよく頭を下げた。

ジーンズに水色のTシャツ姿。上から生成り色のエプロンをしている。

小脇に、濡れた洗濯物が詰まった大きなプラスチックの洗濯籠を抱えていた。

塀越しに想像したよりも、もっともっと綺麗な人だ。化粧は眉毛を描いているくらいなのに、顔立ちそのものに華がある。

「今日も暑くなりそうですね。さあさあお二人とも、どうぞ。お入りください」

さおりは抱っこ紐の中の花菜に話しかけるように、大きな仕草で手招きをした。

「……あ、私、予約をしてきたわけじゃないんです。ちょっと通りかかっただけで……」

小春は掌を胸の前で振った。

さおりは自分を、誰か別の人と間違えているのかもしれない。

「どうぞ、お入りください。冷たい麦茶をお出ししますね」

さおりは小春をまっすぐ見て頷くと、門を内側から開いた。きい、と、案外大きな音がした。

4

通されたのは、ロールカーテンを閉じていても日差しが明るい、手前の十畳と奥の八畳の、二間続きの和室だった。

奥の八畳の部屋に、取り込んだばかりの洗濯物の山がある。

手前の部屋には、畳の上に直にソファが置かれていた。

こんなところもおばあちゃんの家だ、と思う。

「こんにちはー」

赤ちゃんを抱いてソファに腰かけたお母さんが、小春に微笑みかけた。

赤ちゃんはやっと生後二ヶ月に入る頃だろうか。花菜よりも二回りくらい小さくて、まだ産院《さんいん》で花菜も着ていたようなスナップボタンと紐で留めるガーゼ素材の肌着姿だ。

お母さんは両方のおっぱいを出してまさに授乳をする姿だったが、赤ちゃんはお母さんの腕の中でぐっすりと眠り込んでいる。

「あ、こんにちは。はじめまして」

小春は身を縮めて、部屋の中を見回した。

エアコンが効いて涼しい部屋だが、ひやりとした寒さは感じない。

ソファの向こうのロールカーテンが風で揺れた。

エアコンをつけた状態で、窓を少し開けているのだろう。

微かにピアノの音が聞こえた。ブルグミュラーだ、と思う。

小学生の頃に通っていたピアノ教室で習ったことのある、初級用の練習曲だ。

「はい、どうぞ。赤ちゃんは、畳の上にどこでも、ごろんとしていてくださいね。あ、このお部屋は、毎日私が、隅から隅まで気合を入れてお掃除していますから、ご安心を」

さおりが透明なプラスチックのグラスに入れた麦茶を、お盆ごと小春の脇に置いた。

「あ、どうも、すみません」

小春は忙《せわ》しなく何度も頭を下げた。花菜を抱っこ紐から出して、膝の上に抱き直す。

花菜はきょとんとした顔をして、ソファの赤ちゃんを見つめている。

「花菜ちゃん、ちっちゃい赤ちゃんだよ。可愛いね」

耳元で囁くと、花菜はにっこりと笑った。

「きゃー！　笑った！」

ソファのお母さんが目を細める。

小春も釣られて口元が綻《ほころ》んだ。

「ちょっとすみません、洗濯物を片付けちゃいますね。のんびりしていてください」

さおりがきびきびとした足取りで、奥の部屋へ向かった。

洗濯物の山に腕を突っ込んで、目にもとまらぬ速さできっちりと同じ大きさに畳んでいく。

大量のバスタオルとフェイスタオル。それに大きなサイズの黒いTシャツが何枚かと、これまた真っ黒なジーンズ、黒い靴下が見えた。

さおりが黒地に〝○○道場〟と金色の力強い筆書きで書かれたデザインのTシャツを手に取った。おそらくボクシングジムなどの格闘技《かくとうぎ》系の道場の名前に違いない。

「今日は、〝おっぱい先生〟はお休みの日なんです。一泊二日でマカオにリフレッシュ旅行へ行かれました。私がお留守番をしているので、おっぱいの練習の方だけがいらしています」

さおりの言葉に、ソファに座ったお母さんが頷いた。

「〝おっぱい先生〟に、授乳のときは赤ちゃんの胃と私の胃をくっつけるように抱いて……って、教わったんですが、どうしてもうまくコツが摑めなくて……」

「〝おっぱい先生〟のアドバイスは非常に簡潔なので、その後の実践フォローは私の担当です」

さおりが胸を張った。

「あの……、〝おっぱい先生〟って、女性の先生ですよね？」

急に不安になってきた。

黒ずくめの服に、弾丸《だんがん》日程のマカオ旅行。掃除や洗濯といった家事仕事は、すべてさおりが請《う》け負《お》っているように見える。

さおりが洗濯物を畳む手を止めた。

畳みかけのTシャツをしげしげと眺めて、ぷっと噴き出した。

ソファのお母さんも、一緒に笑い出す。

「安心してください。〝おっぱい先生〟は女性の先生です。ベテランの助産師です」

さおりが力強く頷いた。

「そうでしたか、ちょっと緊張しました。男性の助産師さんだったらどうしようって……」

小春はほっとした。

「助産師は女性だけの職業です。女性の看護師が、専門の教育機関に入って資格を取り、助産師になるんですよ」

　さおりは跳ねるような手つきで、次々と洗濯物を畳んだ。

「男性の助産師さんは、いないんですね」

「助産師は、出産の介助《かいじょ》とおっぱいの管理、それに保健指導と呼ばれる産後の母子の生活相談を行うなど、お母さんと赤ちゃんに密接に関わり合う仕事です。今の日本では、現場のお母さんのニーズを第一に、男性に助産師資格は認められていません」

　さおりがきっぱりと言った。

「……それと助産師さんって、看護師さんの資格のある方なんですね。初めて知りました」

　小春はため息まじりに呟いた。

　花菜を出産した病院のスタッフには、〝看護師〟と〝助産師〟の二つの別の肩書の人がいた。

　漠然《ばくぜん》と、看護師は医療全般を請け負い、助産師はお産の介助を専門にする職業のことだと思っていた。

「そうですよ。私たちには常識になってしまっていますが、皆さん、知らないものですよね。ちなみに私も今、助産師を目指して勉強中の看護学生です」

さおりは自分の胸元を指さした。

「うーうー」

視線を向けると、花菜が天井を見上げて手を伸ばしていた。

釣られて顔を上げると、和室の天井に切り絵を施された紙テープが、お誕生会のように張り巡らされている。

よくよく見ると、切り絵はずいぶん手が込んでいる。動物や乗り物、ドレス姿のお姫様、翼《は》の生えた天使やクリスマスツリーまであった。

「〝おっぱい先生〟の作品です。先生はとても多趣味な方なんですよ」

さおりが親しみの籠った口調で言った。

ソファに座ったお母さんが、おかしくてたまらない顔でくすっと笑った。

5

「〝おっぱい先生〟か……」

帰り道、小春は口の中で呟いた。

結局《みどり助産院》で三十分ほど麦茶を飲みながら、さおりと小さい赤ちゃんのお母さんと、他愛《たわい》ないお喋りをした。

「ところで、今日は何かご相談事がありましたか？」

小声でさおりに訊かれたのは、お土産《みやげ》にハーブティーのティーバッグと個装のお煎餅《せんべい》をもらって、帰り際となった玄関先だった。

「……実はおっぱいが出ないんです。〝おっぱい先生〟に診ていただければと思って」

自分でも驚くほどすんなりと言葉が出た。

祖母の家を思い出す《みどり助産院》で流れた長閑《のどか》な時間に、緊張はすっかりほぐれていた。

「わかりました。では、早いほうがいいですね。明日またいらしてください。〝おっぱい先生〟は今日の深夜に帰宅します」

さおりが神妙に頷いた。

「明日……ですか？　何時ごろ伺えばいいでしょう……」

想像していたよりもずっと急な話だ。

「明日は雨の予報ですね」

さおりはからっと晴れた青空を、眩しそうに見上げた。

「おそらく、予約のキャンセルが数件入るはずです。花菜ちゃんと一緒にのんびりお待ちいただけるようでしたら、紺野さんのご都合のよい時間に来ていただいて構いませんよ」

さおりにいつまでも手を振って見送られて、《みどり助産院》を出た。

住宅地を抜けて、スーパーでいつものように夕飯のためのお惣菜を自分の分だけ買った。

交通量の多い世田谷通り沿いは、息が詰まるほどの灼熱《しゃくねつ》だ。

レジ袋を揺らしながらとぼとぼと歩いていたら、なんだかすべてが夢だったような気がした。

マンションのエレベーターに乗ったところで、花菜が「うーん」と声を上げた。

はっと身を強張らせる。

おっぱいの時間だ。

急いで部屋に戻った。エアコンのスイッチを入れる。

レジ袋をダイニングテーブルの上にざっと適当に置いて、ソファに腰かけた。

授乳服のポケットからおっぱいを出して、花菜を横抱きにする。

「花菜ちゃん、お願い」

祈るような気持ちで呟いた。

花菜は小春のおっぱいに吸い付く。

一分、二分……今日は、以前のようにちゃんと長い時間飲んでくれている。

《みどり助産院》でのんびりした時間を過ごしたことで、少しはおっぱいから母乳が出るようになったのかもしれない。

「……よかった」

ほっと息を吐いた。

「でも……」と心の中で暗い声がする。

昨日はちっともおっぱいを飲んでくれなくて、今はすんなりと飲んでくれている理由がさっぱりわからない。

このまますべてがうまく行くようには、到底思えなかった。

「じゃあ、反対側のおっぱいも飲もうね」

おっぱいは片方だけをずっと吸わせていると、もう片方に母乳が溜まったままになってしまう。古い母乳が乳腺《にゅうせん》に詰まることで炎症を起こす乳腺炎を防ぐためにも、こまめに交替し左右のおっぱいから母乳をあげなくてはいけない。

小春は花菜を抱き上げて体勢を逆にした。

花菜の口元に左側のおっぱいを持っていく。

「えっ」

小春の胸がどきんと鳴った。

やっぱりだ。不安が的中した。
花菜はこちらのおっぱいには目もくれず、大きく首を振って嫌がっていた。
口元が泣きそうになる。
大きく息を吸う。
「うわあああああん」
大音量の泣き声に、小春は思わず眉を下げた。眉間に皺が寄る。
「花菜ちゃん、どうしたの？　泣かないで」
慌てて花菜を抱き上げて、身体を揺らしてあやす。
顔を近づけて頬ずりしようとしたら、ぴたんと頬っぺたを叩かれた。
「きゃっ」
小春は勢いよく目をつぶった。
何が起きているのかわからない。
どうして花菜が、こんなに怒っているのかがわからない。
何をしてあげたら、花菜は泣き止んでくれるんだろう。
どうしたらいいんだろう。
鼻の奥で涙の味を感じる。

そうだ、と思う。

もしかしたら、熱があるのかも。身体の具合が悪いから、こんなに泣いているのかも。

慌てて花菜の額に手を当てた。いつもよりほんの少し熱いような気がしたが、それは顔を真っ赤にして全身を震わせて泣いているからだろう。

花菜は小春の手を乱暴に振り払った。

身体を引いた小春の顔に手を伸ばし、何度も叩こうとする。

小春は呆然《ぼうぜん》として花菜を見下ろした。

息が浅くなる。指先が震えてきた。

駄目だ、冷静にならなくちゃ。

ベビーベッドの柵をきちんと出して、ひとまずそこに花菜を寝かせた。

台所に駆け込んで、急いで哺乳瓶に粉ミルクを作って戻ってきた。

「花菜ちゃん、お腹が減ってるのね？」

泣き喚く花菜の唇に、恐る恐る哺乳瓶の乳首を押し込んだ。

花菜はしばらく抵抗していたが、結局、ごくごくと喉を鳴らして哺乳瓶からミルクを飲み始めた。

部屋中に響き渡っていた泣き声が、急に止まる。

「花菜ちゃん、よかった……」

言いながら、胸の内に黒い不安が広がっていく。

自分のおっぱいにさりげなく触れた。

小春のおっぱいは、やはり両方ともまったく張っていないぺしゃんこだった。

6

「ただいま。あ、まだ起きていたんだね。びっくりした」

首元のネクタイを緩めながら、敦史がリビングへ入ってきた。

暗いリビングのソファでスマホをいじっていた小春に、驚いた顔をしている。

時計は十二時を過ぎていた。

いつもは夜の十時ごろに花菜が寝たら、小春はベビーベッドの横に布団を敷いて、リビングで一緒に寝る習慣になっていた。

帰宅した敦史はすぐにお風呂に入り、電気を消したリビングでひっそりとビールを一杯飲み、寝室へ直行する流れだ。

「……うん、ちょっと眠れなくて」

小春はソファに沈めていた身体を起こした。

敦史のスーツに染み込んだ〝外の世界〟の埃っぽい匂いを感じる。

「花菜は？」

敦史がリビングの隅のベビーベッドに視線を向けた。

「……寝てるよ」

「そっか、起こさないようにしないとね」

敦史はそう言うと、自然な仕草でバスルームへ消えた。

敦史はいつもとまったく同じ手順で行動しているだけなのに、今日は突き放されたように感じる。

小春は両手で頬を押さえて、耳を澄ました。

シャワーの音が案外はっきりと聞こえる。

大きく長いため息をついた。

風呂桶《ふろおけ》がぶつかる少し大きな音が聞こえた。

はっとしてベビーベッドに顔を向けた。

大丈夫だ。花菜は起きていない。

花菜はとても眠りの深い子だ。特に夜は、部屋を真っ暗にしていれば少しぐらいの物音では起きたことがない。

産後に里帰りをしていた実家の母にも、花菜は育てやすい子だとしきりに言われた。

「小春が赤ちゃんのときは大変だったんだから。二歳近くになるまで夜泣きで何度も起こされて、お姉ちゃんのときとは大違い。お母さん、あなたのお世話でノイローゼになるかと思ったわ」

母の少々鋭い言い回しも、可愛い花菜を胸に抱いていれば笑い話として聞き流せた。

ベビーベッドの中で、花菜のバスタオルがふわりと動いた。

小春はぴたりと呼吸を止めた。

花菜の泣き声は聞こえない。

花菜はまだ寝返りを打つことはできないので、夢の中で手足を動かしただけなのだろう。

小春は震える息を吐いた。

私は花菜が怖いんだ。

そう絶望的な気持ちで思った。

前のようにいつもご機嫌でいてくれないから。前のようにおっぱいをたくさん飲んでくれないから。前のように――。

奥歯を噛みしめた。

私の思いどおりになってくれないから、花菜が怖いんだ。

両掌で顔を覆った。

ほんの少しうまく行かなくなっただけで、大事な我が子のことを〝怖い〟と思うなんて……。

私は母親失格だ。

嫌だ、と直後に心の中で叫ぶ。

〝お母さん〟になることに失敗してしまったら、いったい私には何が残るんだろう。

「大丈夫に決まっているでしょ」

姉の自信に満ちた声が耳の奥で蘇った。

大丈夫なんかじゃない。私はお姉ちゃんみたいにはなれない。

私には何の価値もなくなってしまう。

「そうだ、小春に相談しなきゃと思っていたんだ」

リビングのドアが勢いよく開いて、パジャマ姿で首にタオルを掛けた敦史が現れた。

「えっ、相談？　何？」

小春は慌てて向き直った。

「九月の連休、ハワイに行ってもいいかな？」

敦史が冷蔵庫からビールを取り出した。ぷしゅっ、と音を立ててプルタブを上げる。

「ハワイ……？」

日本人なら誰でも知っている、青い海の常夏《とこなつ》の島だ。

ほんの一瞬だけ、家族旅行に行こう、という意味なのかと心が躍《おど》った。

直後に敦史の困った顔を見て、そんなわけがない、と打ち消す。

仕事での出張ならば仕方ない。しかし最初に、誰と何のために行くかは言わない敦史の訊き方に、嫌な予感が広がる。

「僕がお世話になっている院長《いんちょう》が、心底ゴルフ好きなんだ。医大の頃の仲間とハワイにゴルフ旅行に行くのに、人数が一人足りないって……」

小春は黙り込んだ。

「あ、もちろん、僕の旅費は、全部院長が負担してくれるらしいよ。向こうでの滞在費も全部ね。僕はお土産代だけ持っていけばいいって」

敦史は、それがさもとても大事なことのように言った。

「院長、最近奥さんと熟年離婚したばかりで、寂しいみたいなんだ。今回の旅行に僕が同行すれば、すごく喜んでくれるはずなんだ」

敦史は小春を説得するように優しい声で言った。

「……うん、わかった」

小春はこくんと頷いた。

「ありがとう、免税店《めんぜいてん》でプレゼントを奮発《ふんぱつ》するよ。花菜には赤ちゃん用のアロハシャツがいいかな？」

敦史が急に饒舌《じょうぜつ》になった。

「小春は化粧品がいい？　それともバッグ――」

「いらない」

小春は強い口調で、敦史の言葉を遮《さえぎ》った。

敦史がはっとした顔で黙った。

「私、化粧品もバッグも興味ないよ。見たらわかるでしょう？」

小春は自分の顔を指さした。眉を下げて笑った。

「私は、敦史さんのお仕事がうまく行って、敦史さんが元気で帰ってきてくれれば、それで十分だよ」

小春は掠《かす》れた声で言った。

敦史から視線を逸らす。

「ありがとう、小春。僕は本当に幸せだよ。小春のおかげで仕事に集中できる。普通の奥さんじゃそうは行かない、って、僕は、会社のみんなにも羨ましがられているんだよ」

敦史は本当に感動したように低い声で言って、ビールを一口ごくりと飲んだ。

7

「はじめまして、助産師の寄本律子です」

白衣姿で総白髪の女性が、正座して深々と頭を下げた。

「こ、紺野小春です、この子は花菜です。今日は、どうぞよろしくお願いいたします」

小春は早口で答えた。

なんだか怖そうな人だな、というのが律子先生の第一印象だった。

痩せぎすで、真っ白な髪を男の人のようなショートカットにしている。

こちらがどこを見て話したらいいのか戸惑ってしまうくらい、まっすぐに正面から鋭い視線を向けてくる。

この人だったら、こないだ見たボクシングジムのものらしい黒いTシャツが結構似合ってしまいそうだ。

律子先生の言うことに逆《さか》らったら、とんでもなく厳しく怒られそうな気がした。

「花菜ちゃんは生後四ヶ月です。お母さんのおっぱいが出ない、というご相談です」

さおりがカルテを手渡した。

律子先生は黙って頷く。カルテに目を走らせる。

外からしとしとと雨音が聞こえていた。

雨足はそれほど強くはないが、腰を据えて一日降り続きそうな重い雨だ。

小春は朝、早すぎるくらい早くから出かける準備をして、看板に書いてあった診察時間の始まる朝九時ちょうどに《みどり助産院》へやってきた。

通された部屋にはまだ他のお母さんと赤ちゃんの姿はなく、小春が今日の一番乗りだ。

「数日前まで、赤ちゃんに母乳のみを与えて育てていたんですね」

小春のイメージする〝助産師さん〟には、「今時、母乳だけで育てているなんて偉いわね！」とでも言ってもらえそうな気がしていた。

だが律子先生は感情の動きをちっとも見せない。

「はい、四ヶ月健診では体重の増えも問題なく、小児科の先生には〝健康優良児〟と言っていただきました」

おずおずと言った。

「今は、どんな状況ですか？」

「泣いたら、最初はおっぱいをあげています。でも、おっぱいが足りないみたいですぐに口を離して泣いてしまいます。なので、おっぱいの後に粉ミルクを作って哺乳瓶であげています」

「おっぱいが足りない、というのはどうしてそう思われましたか？」

律子先生がぎろりと視線を向けた……気がした。

「おっぱいが張らないいんです。両方のおっぱいに、母乳がまったく溜まっていないいんです」

小春は消え入りそうな声で答えた。

「花菜ちゃんのオムツを替える頻度は変わりましたか？　おしっこの色が濃くなったりすることは？」

「いいえ、変わりません。いつもと同じです」

律子先生がカルテを畳の上に置いた。

「わかりました。それでは、おっぱいを診させていただきます。上を脱いで横になってください。花菜ちゃんは、さおりさんと見学をしていてくださいね」

律子先生が真っ白なシーツの敷かれた布団を、手で示した。

「それでは花菜ちゃん、お預かりします。私と一緒に待機《たいき》しましょう」

すかさずさおりが、両腕を差し伸べた。

小春の腕の中で、花菜が身を強張らせたのがわかった。

「泣いてしまうと思います。花菜は人見知りなので……」

「ぜんぜん大丈夫ですよ。いくらでも泣いちゃってくださいね」

さおりはあっさり言って、花菜を受け取った。

花菜は目を真ん丸にして、さおりの腕に抱かれている。

ぐずぐずしていたら、花菜は〝ママ〟を求めて大騒ぎになるに違いない。

小春は慌てて上の服を脱いで、布団に横になった。

花菜にかけてあげているのと同じような手触りのガーゼ素材のタオルケットを、自分で胸の下まで引き上げる。

「失礼します」

律子先生が熱い蒸しタオルを小春のおっぱいの上に載せた。

ほっと鼻先から息が抜ける。

不安で小刻みに震えていた心臓が、温かい真綿に包まれたような気分だった。

律子先生はうどんを捏《こ》ねるように身体の重心を使った動きで、まずは脇の下から身体の凝りをほぐしていく。

熱い掌がおっぱいに触れたとき、肩も、首も、目元も、奥歯も、上半身の強張りが一瞬にしてほぐれたような気がした。

会ったばかりの人におっぱいを触られることに、緊張しなかったはずがない。

ただ律子先生のことを厳しくて怖そうな〝先生〟と感じたおかげで、逆にまな板の鯉《こい》になったような気分になった。

ここまで来たら恥ずかしがっている場合じゃない。すっかり任せ切るしかない、という気持ちだ。

律子先生は無表情で口元をしっかり結び、力強くおっぱいのマッサージを続けている。

律子先生のこめかみのあたりに汗が一筋《ひとすじ》伝った。

口元が真一文字にきりっと結ばれている。

生真面目な顔で一生懸命にマッサージされていると、なんだか自分のおっぱいが、ちっとも身体の中で特別なものではなくなった気がした。

おっぱいのマッサージはとても心地よかった。

おっぱいは女性の中でとても特殊な存在で、自分の身体であってもあまりちゃんと触ってみたことのない場所だった。

職人技、を感じさせる絶妙なリズムで淡々とおっぱいを押されていると、〝凝り〟がするすると取れていくのがわかる。

おっぱいが膨らんだ大人の女性になってから今までの間に、ずっと溜まっていた〝おっぱいの疲れ〟が消えていく。

いつの間にか目を閉じていた。

「うーん」

という聞き慣れた声に、「そうだ、花菜！」とはっと目を開く。

「花菜ちゃん、心配しなくて大丈夫ですよ。お母さんは、ちょっとだけおっぱいの点検中です。すぐに終わりますからね」

花菜に語りかけるさおりの声は、低く落ち着いている。

花菜はもう一度「うーん」と不満げな声を上げたが、泣き出す様子はなかった。

「それでは、おっぱいの出を確かめましょう」

律子先生がタオルを取り去り、乳首の周りを押した。

びゅーっと音がするほど勢いよく、スプリンクラーのように幾筋《いくすじ》もの線を描いて、母乳が飛び散った。

「きゃっ！」

小春は悲鳴を上げた。

なんとなく、おっぱいはじわじわと滲み出すもの、というような思い込みがあった。

授乳のたびに花菜の口の中ではこんなことが起きていたのか、と思うと、時折むせて咳《せ》き込《こ》んでいたのもわかる気がする。

「おっぱいの出は、まったく問題ありません」

律子先生は言い切った。

「……でも、まったく張らなくなってしまったんです。母乳が溜まっている実感が、ぜんぜんないんです」

小春は左右に首を振った。

「それに、花菜もちょっと飲んだだけで嫌がってしまいます」

「母乳が足りないと感じるのは、紺野さんの気のせいです。紺野さんのおっぱいからは、花菜ちゃんが飲むのに十分な量の母乳が出ています」

律子先生は小春の胸元を、タオルで拭った。

「えっ、〝気のせい〟って、そんなはずは……」

小春は絶句した。

これだけ悩んでいた日々を〝気のせい〟なんて言われると、さすがに反発したい気持ちになってくる。

「私のおっぱいは、明らかに、ぺったんこなんです。今までの、おっぱいに母乳がたっぷり詰まっている感じとはぜんぜん違うんです。自分の身体は、自分で一番よくわかります」

意を決して、悲痛な声を上げた。

律子先生が鋭い目を向けてきた。

と、小春の言葉をじっくりと考えるように、視線を天井に巡らせる。

「出産して四ヶ月が経つ頃、ちょうどお母さんの身体は変わります。妊娠出産という新しい環境に対応するのに精一杯だったお母さんの身体が、ようやく赤ちゃんの成長に沿ったものになります。当然、おっぱいも変化します」

律子先生が低い声で、ゆっくりと説明した。

「おっぱいが張らなくても、母乳は出ている……ってことですか？」

律子先生は大きく頷いた。

「はい、そのとおりです。お母さんのおっぱいは赤ちゃんの月齢とともに変わります。常に母乳を作っておっぱいの中にたくさん溜めていなくても、赤ちゃんが吸えば吸った分だけその場で新鮮《しんせん》な母乳が作られる、落ち着いたおっぱいになります」

〝落ち着いたおっぱい〟。

小春は胸の中で繰り返した。

確かにこれまでの小春のおっぱいは、常にゴム毬《まり》のようにずっしりと重かった。

母乳がたくさん作られている実感として嬉しく思っていた。

しかし見方を変えれば、常にぱんぱんに腫れていて、母乳を出さなければ一体どうなってしまうかわからない不安定なおっぱいだったともいえる。

その頃と比べれば、今の私のおっぱいは〝落ち着いたおっぱい〟といえるだろう。

「じゃあ、私のおっぱいは、このままで大丈夫なんですか？」

「はい、大丈夫です」

律子先生は迷いのない口調で即答《そくとう》した。

小春は一瞬、ぐっと黙り込んだ。

「それなら、どうして花菜は私のおっぱいを飲んでくれなくなってしまったんでしょう……」

8

「花菜ちゃんがおっぱいを飲まなくなってしまった理由は、おそらく二つあります。一つ目は、おっぱいの後に粉ミルクをあげていたことです」

　律子先生が人差し指を立てた。

「粉ミルクをあげるのは、いけないことだったんでしょうか……」

　小春は急に気弱になって訊いた。

　出産直後から、花菜は小春のおっぱいをたくさん飲んでくれた。

　だからこそ逆に、赤ちゃんを母乳だけで育てることにこだわりはなかった。

「いいえ。一般的にはまったくいけないことではありません。ただ、紺野さんの場合は、おっぱいから十分な量の母乳が出ているのに、花菜ちゃんの機嫌が悪いからといって粉ミルクを追加して飲ませてしまった。それによって花菜ちゃんは、次のおっぱいの時間になっても、まだお腹が減っていないので、おっぱいを飲む、という大仕事に向き合うモチベーションが低くなります」

「花菜は、短い時間でも私のおっぱいから母乳を十分に飲めていたってことですか？」

「はい、最初の時点ではそうだったはずです。体重の急減がなく、おしっこの量が普段と変わらなければ、おっぱいが出なくなった、というのは、お母さんの思い込みの場合が多いです」

　律子先生は〝思い込み〟なんて鋭い言葉を、顔色一つ変えずに言った。

「じゃあ、どうして花菜はあんなに機嫌が悪く……」

小春のおっぱいを、掌でぴたんと叩いた花菜を思い出す。

この世の終わりのように泣き喚く声を思い出す。

「私にはわかりません」

律子先生は低い声で答えた。

「えっ、そんな……」

小春は急に見捨てられたような気持ちで、律子先生を見上げた。

「花菜ちゃんが泣く理由は、花菜ちゃんにしかわかりません。お母さんが赤ちゃんに対してできるのは、食事、睡眠、周囲の環境を整えて、全力で健康を保つことです。あとは、あやして機嫌を取り、見守ることくらいしかできません」

律子先生は唇を結んで小春をじっと見据えた。少しだけ微笑んだ。

涙を我慢している人のような笑顔だ、と思った。

「生後四ヶ月になると、赤ちゃんは生まれたときに比べて驚くほど力強く大きくなります。新生児の頃はおっぱいを少し飲むだけで疲れて眠ってしまっていたのが、オムツを替えてもらって、お腹がいっぱいになって、お部屋の温度が快適でも、ちょっと嫌なことがあるとわんわん怒って泣くようになります」

「それって、なんだか反抗期《はんこうき》みたいですね……」

律子先生は真面目な顔で頷いた。

「そうです。子供は大きく成長するとき、みんな、猛烈《もうれつ》に怒ります。新しい世界に気付いたときに、新しい〝意思〟に気付いたときに、この世のすべてに腹が立って、勝手にひとりでぷんぷん怒るんです」

小春は思わずふっと息を抜いて笑った。

「じゃあ、花菜は、お姉さんになっているってことですか？」

「はい。〝私はもう、これまでのおっぱいさえあればにこにこしている小さな赤ちゃんじゃありません〟という意思表示です」

律子先生の言葉が、胸の中に温かく広がった。

これまで小春の気持ちを磨り減らして、鋭く攻撃しているようにさえ思えた花菜の泣き声が、急に可愛らしくいじらしいものに思えてくる。

「体重とおしっこの様子に注意しながら、ここしばらくは粉ミルクを足さずに、お母さんのおっぱいだけをこまめに与えるようにしてみてください。花菜ちゃんが泣いても、哺乳瓶で粉ミルクを足すのはおすすめしません。お腹がいっぱいになれば、誰でも疲れて眠くなります。だからといって花菜ちゃんは、お腹が減ったから泣いていたとは限りません」

「……わかりました。私、きっと、花菜のことをちっともわかっていなかったんです」

小春は胸に掌を当てた。

「ですが、これはあくまでも私のアドバイスです。守らなくてはいけない、と決まっていることは何もありません。紺野さんにとって、花菜ちゃんにとって、最も負担がない、心地よい形を考えてください」

律子先生は洗面器を抱えて、すっと立ち上がった。

「今日はこれで終わりです。お疲れさまでした」

「あ、ありがとうございます」

小春の言葉を背に聞きながら、律子先生は部屋からあっさりと立ち去った。

「はい、お疲れさまです！　花菜ちゃん、お待ちかねですよー」

さおりの明るい声が響いた。

花菜はさおりの腕の中で少し固い面持《おもも》ちだ。

小春の顔を見た瞬間に、急に緊張がほぐれたように「うわーん」と泣き出す。

「あ、はいはい、ちょっと待って！　ママ、お着替えしちゃうからね」

「慌てないで平気ですよ。花菜ちゃん、よしよしいい子ですねー」

さおりが花菜を抱いたまま、身体をリズミカルに揺らしてあやす。

花菜は顔を真っ赤にして、手足を振り回して嫌がっている。

「いててて」

慌てて目を向けると、花菜がさおりの髪に手を伸ばしている。綺麗にまとめたお団子の頭頂部《とうちょうぶ》がぐちゃぐちゃだ。

「わっ、ごめんなさい」

「ぜんぜん、大丈夫です。むしろ楽しいです」

さおりは可憐な顔に似合わない、低いしっかりした声で笑った。

小春が着替えを終えて花菜を受け取ると、花菜は先ほどの大騒ぎが嘘のようにぴたりと泣き止んだ。

小春の身体によじ登るように、がっしりとしがみつく。

「花菜ちゃん、ママに抱っこしてもらって安心しましたね」

さおりが花菜と小春に一緒に話しかける口調で、笑顔を浮かべた。

「お若いのに、すごく赤ちゃんに慣れていらっしゃるんですね。小さいご兄弟がいらしたんですか？」

さおりの落ち着いた物腰は、頼もしかった。

何より花菜に対して、まるで大人と話すように低い声で丁寧に接する姿が新鮮だった。

「そんなふうに思われてたなんて、本当ですか？　嬉しい！　私が赤ちゃんと接したのは、ここで見習いを始めてからです。私は一人っ子だったし、自分の結婚も子供もまったく予定なんてないので……」

さおりは何の屈託《くったく》もなく答えた。

さおりは見たところ、まだ二十代半ばくらいだ。

都会に限って言えば、結婚も妊娠もまだまだ遠い先のことと思っている人が多い年齢だ。

「そういえば〝おっぱい先生〟のお子さんって、何人いらっしゃるんでしょう？　男の子ですよね？」

小春は少し声を潜めて訊いた。

格闘技系の道場の名前の書かれた黒Tシャツを思い出す。あれは息子さんの影響に違いない。

きっと助産師としての知識と経験を生かして、自分の子供たちをたくましく育て上げたのだろう。

「〝おっぱい先生〟には、お子さんはいらっしゃらないですよ」

さおりが当たり前という顔で答えた。

「えっ、やだ、私……」

小春は思わず口元に手を当てた。

とても失礼な質問をしてしまった、と急に気付く。

妊娠出産を経てから、出会う人が「赤ちゃん関係」の人たちばかりになった。

世の中には自分とはまったく違う生き方をしている人がいる、という当たり前のことを忘れてしまいかけていた。

「結構、驚かれる方がいらっしゃいます。でもそんなに不思議ですか？」

さおりが小首を傾げた。

「……ちょっと、びっくりしました。赤ちゃんに関わる仕事をしている年配の方は、みんな子育て経験者だ、って思い込みがあったので」

小春は視線を巡らせながら、ゆっくり言葉を探した。

「出産や子育ての経験がない助産師のことは、不安に思うものなんでしょうか？」

さおりが真面目な顔で身を乗り出した。

「いいえ、まさか。まったく関係ありません」

小春は大きく左右に首を振った。

心からそう思った。

まっすぐに小春を見据える律子先生の目を思い出す。

小春の発する一言一言を、決して聞き漏らさないように耳を澄ましていた律子先生の険しい顔を思い出す。

不思議な人だな、と思う。

何から何まで、小春とは違いすぎる。

きっと小春と律子先生が、お喋りをして仲良くなることは決してない。

でもまた会いたい。またあの熱い掌から、束の間の生きるパワーをもらいたいと思った。

9

小春は花菜を抱いて、部屋の中をぐるぐると歩き回った。

「花菜ちゃん、もう夜だよ。あんまり泣いていると、おばけの出る時間だよ」

そろそろ夜の十二時になる。

泣き喚く花菜の手に、隙《すき》をつくようにキリンのおもちゃを握らせた。

直後に花菜は、おもちゃをぽーんと勢いよく放り投げた。

「もう……。キリンさん、いたいいたい、って言ってるよ」

ふうっと鼻でため息をつく。

おしっこもウンチも何の問題もない。暑くて汗びっしょりというわけでもなく、エアコンの効きすぎで身体が冷えているわけでもない。

もちろん熱は平熱で、体調が悪い様子もない。

「ただいま。あれ？　花菜、起きてるの？」

リビングのドアが開いて、敦史が汗を拭きながら入ってきた。

「あっ、花菜ちゃん、パパだよ。パパが帰ってきたよ」

身体をぐるりと回して、花菜の顔を敦史に向ける。

花菜の泣き声がぴたりと止まった。

「おかえり。花菜、ご機嫌斜《なな》めで大変だったの」

小春は敦史に向かって肩越しに微笑みかけた。

いつもならこの時間に、花菜が敦史と顔を合わせる機会はまずない。

「どうしたの？　いつもお利口な花菜らしくないなあ」

敦史はネクタイを緩めながら、笑顔で花菜を覗き込む。

花菜はほんの一瞬、敦史の顔をじっと見つめた。

直後に、うわーんと、今までの倍以上の大きさの声で泣き出した。

「やっぱり僕じゃだめだね。退散するよ」

敦史は慌てた様子でバスルームへ向かう。

「ねえ敦史さん、待って！」

思いのほか、大きい声が出た。

「ん？　どうかした？」

敦史は振り返った。

人のよさそうな下がり眉毛で、不思議そうに首を傾げる。

小春はごくんと唾《つば》を飲み込んだ。

花菜を抱く手に力が籠る。

「あのね、院長さんたちとハワイに行くの、やめて欲しいの」

「へっ？」

敦史が目を丸くして訊き返した。

「お仕事のときは仕方ないよ。でも、お休みが取れるときは、もっと花菜のそばにいて欲しいの。もっと私のそばにいて欲しいの。もっと敦史さんと一緒にいたいの」

脇の下を汗が伝った。声が掠れて震えている。

「だって、そんな。この間は、あんなにすんなりとOKしてくれたのに……」

敦史は心底驚いた様子で、ぽかんと口を開けている。

何が起きたかわからない顔だ。

「私は家庭を守って、敦史さんは仕事をする。そう約束したのは覚えてるよ。でも私は敦史さんに、これからずっと家庭のことを少しも考えなくていいとは言ってない。私のことも花菜のこともすっかり忘れていいよ、なんて言ってない」

小春は敦史をまっすぐに見つめた。

「もっと、家族で一緒に過ごそうよ」

言葉と同時に、わっと涙が溢れ出た。

仕事に邁進《まいしん》する敦史の邪魔をしたいわけではない。花菜と二人きりで過ごす日々が息苦しくて辛いわけではない。

ただ、家族みんなでもっと笑って過ごしたい。もっとたくさんの時間を過ごして、もっとたくさんの幸せな思い出を作りたい。

私が望むのは、ただそれだけだ。

「……院長の病院、すごく大口の取引先なんだ。今から何て言って断ったらいいのか、見当がつかないよ」

敦史が困り切った顔で言った。

頭が真っ白の様子で、掌を額に当てている。

「怖い奥さんに反対された、って言って。赤ちゃんが小さいのにあなただけハワイに行くなんて、絶対に許さないって怒られた、って言って」

小春はわざと低い声色を出した。

「そんなこと言ったら、きっと、呆れられるよ。家庭がしっかりしていない頼りない奴だって思われて、出世だって……。マンションのローンも、花菜の将来も、これからいくらだって……」

「心配しないで。いざとなったら私も働くから」

胸がすっとした。

自分の発した言葉で、身体に力が漲《みなぎ》ってくるのがわかる。

「小春が働くの？　だって、小春は家で花菜といるのが何よりも好きだって……」

敦史が呆気《あっけ》に取られた顔をした。

「うん、私は、〝お母さん〟でいるのが大好き。でも、好きなことばかりじゃなくても平気だよ。家族のためならば、きっと何だってできるよ」

しばらく二人とも黙り込んだ。

いつの間にか花菜は泣き止んで、一緒になって神妙な面持ちをしている。

「……花菜を抱っこしてもいい？」

敦史が呟いた。両手を花菜に向かって差し伸べる。

　花菜が少し緊張した様子で身を縮めた。

「花菜ちゃん、大丈夫。パパが花菜ちゃん大好きだって」

小春は優しい声で花菜に囁いた。

「うん、そうだよ。花菜……ちゃん、大好き。パパのところにおいで」

敦史が花菜に頬を寄せて、顔をくしゃくしゃにして笑った。

小春は敦史の腕の中に花菜を預けた。

「花菜ちゃん、可愛いね。久しぶりだね。起きているときに会えない日ばっかりで、ごめんね」

敦史が女の人のような裏声で囁いて、花菜の頭を撫でた。

「これからは、もっと遊ぼうね。もっと、一緒にいろんなところに行こう。もっともっと、一緒にいようね」

「敦史さん？」

小春は思わず勢いよく、敦史の顔を見上げた。

「小春が怒ったのを初めて見たよ」

敦史は照れ臭そうに笑った。

小春は息を呑んだ。

しばらくして、胸の中にじわじわ幸せが広がる。

口元に大きな笑みが浮かび、身体がすっと軽くなる。

そして背筋が伸びる。

地味でぱっとしなくて、いつも誰かの背中に隠れて生きていた。

そんな私が今、ぐぐっと力強く、まっすぐに正面から敦史を見つめている。

「花菜ちゃん、やったね！」

小春は花菜に向かってガッツポーズをした。

その仕草が面白かったようで、花菜がきゃっきゃと声を上げて笑う。

花菜、私たち、一緒に成長していこうね。一緒にどんどん大きくなろうね。

小春は心の中で語りかけた。

「敦史さん聞いて、最近、花菜ちゃんは怒《おこ》りんぼだったんだよ。この笑顔からは、想像できないでしょう？」

小春は花菜の頬を人差し指で、ちょんと撫でた。

第三話

おっぱいが痛い

1

長谷川奈緒子《はせがわなおこ》はトイレの個室で、ブラウスのボタンを外した。

便器の蓋《ふた》を閉じた上に、紙オムツを広げる。

東京駅と地下でつながった、ホテルのようにお洒落《しゃれ》な造りの商業ビルのトイレだ。個室も多く、明るく清潔だ。ここ数日、外出先からオフィスへ戻る前に必ず立ち寄っていた。

奥歯をぐっと噛みしめた。

はち切れそうに腫れ上がったおっぱいを力いっぱい搾る。

うどんのような太さの線を描いて、母乳がじゃーじゃーと飛び出す。母乳は広げた紙オムツに染み込んでいく。

そのまま前かがみの窮屈《きゅうくつ》な姿勢で、しばらくおっぱいを搾り続けた。

少しずつ両胸の痛みが消えていく。まるで腫れたにきびの膿《うみ》が出たように楽になる。

奈緒子はほっと息を吐いた。

ウェットティッシュでおっぱいを乱暴に拭いて、ブラジャーに戻す。

そのとき、胸の奥がぎくりと震えた。

右のおっぱいの下のほう。ちょうどブラジャーのワイヤーが当たる部分にピンポン玉くらいの大きさのしこりができていた。

触ると、思わず「うっ」と唸り声を上げるほど痛い。

最悪だ。

心の中で呟いて、もう一度しこりを強く押しながら右のおっぱいを搾る。

痛みで目の前が歪《ゆが》む。気付くと、こめかみを冷たい汗が幾筋も伝っていた。

駄目だ。こんな調子ではいくら母乳を搾っても、しこりはなくならない。

奈緒子はグランドセイコーの腕時計に視線を走らせた。

もう十分近くこの個室を占領している。幸い平日のこの時間にトイレの利用客はほとんどいないようだが、いつまでもここにいるわけにはいかない。

奈緒子は手早く身仕度を済ませて、個室の外に出た。

丸めた紙オムツを手に、個室とは逆側にあるパウダールームの奥に向かった。

紙オムツは、専用のゴミ箱に捨てるのがマナーだ。

この駅ビルの最上階には、子供服売り場や子連れ歓迎のカフェがある。

そのため各階のトイレにもオムツ替えスペースが必ずあり、使用済の紙オムツを捨てるためのゴミ箱もあった。

「えっ！　嘘！　どうしよう……」

悲痛な声に目を向けた。

小柄な女性が、オムツ替え台の上に赤ちゃんを寝かせたところだった。

赤ちゃんは女の子だろう。薄いピンク色のワンピースを着て、薄いピンク色のスパッツを穿《は》き、前髪をこれまた薄いピンク色のハート形の飾りのついたゴムでまとめている。

全身桃色の赤ちゃんの姿は、まるで「ピンク」色の色鉛筆の妖精《ようせい》みたいだなと思う。きっと可愛らしい色が好きな、可愛らしい性格のお母さんに育てられているのだろう。

大きさからすると四ヶ月か五ヶ月くらい……。

梨沙《りさ》の姿を思い出す。

梨沙は先週ようやく七ヶ月になったところだ。目の前の赤ちゃんは、梨沙より身体も少し小さくて手足をばたばたさせる仕草もほんの少し幼い。

「ちょ、ちょっと待ってね。花菜ちゃん、ちょっと待って」

小柄な女性――赤ちゃんのお母さんは、オムツ替え台の上に防水シートを敷き、台のベルトを赤ちゃんの腰で留めた。リュックサックを前抱きに抱え直して、中身をごそごそと掻き分ける。

「ちゃんと持ってきたはずなのに、何でないんだろう。もしかしてパパおばあちゃま、花菜ちゃんのオムツの袋持ったまま新幹線に……あっ！」

お母さんが両手で口を押さえ、目を見開いた。

ちょうどゴミ箱の前にいた奈緒子と、まともに目が合った。

「……すみません、大きい声を出しちゃって」

お母さんが呆然とした顔で呟いた。眉が泣き出しそうに下がっている。

「大丈夫ですか？　何かお手伝いしましょうか？」

奈緒子はヒールの音を鳴らして近づいた。

「……あっ、えっと」

お母さんが戸惑った顔で顔を伏せた。

「お子さんの替えのオムツがないんでしょうか？　ごめんなさい。聞こえてしまいました。もしよろしければ、使ってください」

奈緒子はバッグの中から、新品の紙オムツとウェットティッシュを取り出した。

「Sサイズだから、お子さんには少し小さいかもしれませんが、応急処置にはなるかと思います」

お母さんの胸の前に差し出す。

黒髪を後ろで一つに束《たば》ねたノーメイク姿の、若いお母さんだ。肌の艶からすると、まだ二十代だろう。

呆気に取られたような丸い目で、奈緒子の姿を、頭の先から爪先《つまさき》までまじまじと見つめる。

「……ありがとうございます。すごく助かります」

お母さんは小さな声で言って、紙オムツとウェットティッシュを受け取った。

「どういたしまして」

奈緒子はきゅっと口角を上げて微笑んだ。

パウダールームへ向かい、手早くメイクを直す。

ファンデーションを厚く塗って、目の周りの皺を隠す。唇にはパールベージュの口紅を塗り直した。

慢性的な頭痛に加えて、今日は右のおっぱいの痛みも気になった。

メイクポーチから鎮痛剤《ちんつうざい》の箱を取り出す。シートから押し出した錠剤を、ペットボトルのミネラルウォーターで流し込んだ。

二時には大手町《おおてまち》のオフィスで会議があり、四時から六本木《ろっぽんぎ》のクライアントへ出向きレポートの内容を説明するブリーフィングを行う。

その後に再びオフィスに戻り、片付けなくてはいけない仕事が始まるので、今日も当然、終業は夜十時を過ぎるだろう。

それまでの間に、あと何回、こうやってトイレの個室に籠ることができるタイミングがあるだろう。

鏡の中の自分の顔色はどす黒くて、目元も落ち窪《くぼ》んでいた。ほんの一年前より十歳ぐらい老《ふ》け込んだような気がした。

「あのう……」

声をかけられて、驚いて振り返った。

先ほどのお母さんだ。赤ちゃんを抱っこ紐で胸の前に抱いて、リュックを背負っている。無事にオムツ替えは終わったのだろう。

「はい、何でしょう？」

奈緒子はお母さんに身体を向けた。

「先ほどは、本当にありがとうございます。この子、ウンチをしちゃっていたので、いただいたオムツがなかったら、もうどうなっていたか。東京駅なんてそうそう来る機会がないので、どこでオムツを売っているかもわからなくて……」

お母さんは気弱そうに笑った。

「それは大変でしたね。お力になれてよかったです」

奈緒子は頷いた。

「あ、はい。ほんとうに……」

お母さんが視線を泳がせた。

少し間を置いてから、何かを心に決めたようにまっすぐに奈緒子を見上げる。

「あの、もしかして、赤ちゃんがいらっしゃいますか？　うちの子と同じくらいの」

奈緒子はお母さんの気迫《きはく》に一瞬、面喰《めんく》らった気分になった。

直後に、ああそうか、と息を抜く。

「ええ、七ヶ月の子供がいますよ。この人、赤ちゃん連れじゃないのに、どうして紙オムツなんて持ち歩いているのかな、って不思議に思いますよね。先ほど差し上げたオムツは、うちの子のサイズアウトしたストックです」

奈緒子は相手を安心させようと柔らかく笑った。

「もしかして、おっぱいが痛いんでしょうか？　トイレで搾乳されているのかな、って思って。あと、ごめんなさい、鎮痛剤を飲んでいるのが見えてしまいました」

お母さんは申し訳なさそうに肩を竦めた。

「えっ？」

奈緒子は身構えた。

急に、面倒くさいな、と思う。

出会ったばかりの人に、今の自分のことを気軽に話すつもりは、まったくなかった。

「お節介《せっかい》だったらごめんなさい。でも、もし万が一、おっぱいが辛いようでしたら、世田谷線の上町駅にある《みどり助産院》に行ってください。〝おっぱい先生〟が必ず助けてくれます」

お母さんは前のめりになって言った。奈緒子に、忙しいからと切り上げられる前にと、慌てて喋っているような早口だ。

「〝おっぱい先生〟ですか……」

長閑な響きだった。

「はい。もし行かれることがありましたら、『紺野小春はとても元気です』とお伝えください。では失礼いたします。オムツ、本当にありがとうございました」

赤ちゃんのお母さん——紺野小春は真っ赤な顔をして、ぺこりと頭を下げた。

2

夕方に起きたトラブルの対応に追われたせいで、奈緒子がオフィスを出たとき時計は十時半を回っていた。

隣のビルの一階にある保育園に駆け込むと、梨沙は消灯後の暗い園内でぐっすり眠っていた。

二十四時間保育のこの私立保育園は、月に大卒初任給《しょにんきゅう》くらいの保育料がかかる。だが常に満員だ。希望すれば三食栄養に気を配った食事を食べさせてくれて、お風呂も寝かしつけもしてくれる。

利用者は丸の内《まるのうち》の大企業勤務や、霞が関《かすみがせき》の官僚《かんりょう》の共働き夫婦が大半だ。

「おかえりなさい。梨沙ちゃん、今日は、リトミックの授業で楽しく踊っていらっしゃいましたよ。鈴を鳴らすのがすごく面白かったみたいで、にこにこされていました」

園長のゆり先生が、奥の部屋から梨沙を横抱きに連れてきた。

ゆり先生は、四十代半ばの上品な美人だ。シンプルなミントグリーンのワンピースにフリルのエプロンをした制服姿だ。

飛行機のＣＡ《キャビンアテンダント》のように一糸乱れぬシニヨンの髪型をして、この時間でもメイクは完璧だ。

幼児番組によく登場する、泥だらけになって子供たちと遊んでいるアンパンマンのエプロン姿の〝先生〟とはずいぶん違う。

「お世話になりました。ありがとうございます」

奈緒子はヒールの靴を保育園の靴箱に入れ、置いておいたスニーカーに履き替えた。腰にかちりと抱っこ紐のベルトを留めて、眠ったままの梨沙をしっかり抱っこ紐の中に入れた。梨沙の首がぐらりと揺れて、慌てて手を添える。

「じゃあまた明日の朝、七時半によろしくお願いいたします」

「はい、お待ちしています。お仕事、お疲れさまでした。おやすみなさいませ」

そつなく対応してくれるゆり先生の姿に、少し救われる気がする。

目玉の飛び出るような金額だったとしても、職場の同僚女性に薦《すす》めてもらったこの保育園を選んでよかった、と思う。

奈緒子は右肩にノートパソコンの入った仕事用の革《かわ》バッグ、左肩に梨沙の着替えを詰め込んだマザーズバッグを掛け、胸に抱っこ紐で梨沙を抱いて、夜の丸の内オフィス街を歩いた。

秋の夜風は、この時間になると結構冷たい。

街路樹のイチョウの葉が黄色くなり始めている。

奈緒子の職業は弁護士だ。

刑事事件の裁判をしたり、離婚訴訟《そしょう》を請け負ったりする個人相手ではなく、大手法律事務所に所属して企業法務《ほうむ》を専門としている。

幼稚園からエスカレーター式の有名私立で、大学まで進んだ。内部進学生には珍しく、常に成績は学年トップを走り続けていた。

周囲に東大受験を勧められたのを、既《すで》に将来の夢は決まっているから受験勉強で消耗《しょうもう》するのは嫌だと断り、法学部に内部進学した。

在学中から司法試験《しほうしけん》の予備校に通い詰め、二回の浪人の後、二十五歳で旧型司法試験に合格した。

司法試験の合格者には、いくつか進路がある。

個人の希望や適性を無視して司法試験の成績だけを参照すると、最も優秀な者は、法の番人である裁判官に、次に優秀な者は検事《けんじ》に、さらにその他の大多数が弁護士となる。

奈緒子は学生時代から一貫して検事を目指していたが、希望は叶わなかった。

弁護士の中では、企業を相手にする大手法律事務所に就職する、というのが最も華やかで高収入が約束されるといわれる道だ。

家業を継《つ》ぐわけでもなく、独立するための莫大《ばくだい》な資金もコネクションも持たない〝叩き上げ〟の新米弁護士にとっては、たくさんの優秀な弁護士たちの中で頭角《とうかく》を現すことが必要だ。

奈緒子は日本で有数の大きな法律事務所に就職し、企業同士の吸収合併、M＆Aを専門とする部署に配属された。

肩書は〝アソシエイト〟。〝パートナー〟と呼ばれる、マネジメントを行う上司の仕事の補佐《ほさ》業務だ。

〝パートナー〟がクライアントから請け負う業務の遂行《すいこう》のため、ひたすら法律を参照して、朝から晩までパソコンに向かい、完璧な参考資料を作り上げる。

二十六歳で入社してから四十一歳の今日まで、十五年。

三百人以上の弁護士が働くこの会社で、勤続十五年を過ぎても〝アソシエイト〟止まりの社員は数えるほどしかいない。

〝アソシエイト〟の仕事は、常にクライアントからのタイトな納期《のうき》に追い立てられている。日付が変わるまでの勤務は当たり前だ。

大きなミスもなく、持てる力のすべてを使って仕事に生きてきたつもりだった。

〝アソシエイト〟としての待遇《たいぐう》に不満はなかった。同世代の平均年収の数倍はもらっている。

それでも、同期がまた〝パートナー〟に昇格《しょうかく》した、という話を聞くたびに、胃が千切《ちぎ》れるように痛んだ。

そんな毎日の中で、あの人と過ごす時間は唯一ほっとできた。

私には何が足りないのだろう。何が間違っていたんだろう。これ以上、何をどれくらい努力すればいいのだろう。もう頑張れなかったらどうしよう。ここが私の限界だったらどうしよう。

延々と続くそんな自問自答から、解放されることができた。

あの人と美味《おい》しいものを食べてお酒を飲んで、家のテレビで映画を観たりしながら下らないお喋りで笑い転げる週末は、間違いなく人生で一番幸せだった。

あの人——トモヤの顔を思い出したら、急に息が苦しくなった。

「いいの、ぜんぶ私が望んだことだから」

ライトに照らされた道路工事現場の脇を通りながら、機械の騒音の中で奈緒子は呟いた。

抱っこ紐の中の梨沙を、両腕でぎゅっと抱きしめる。

ふと、スーツのポケットに違和感を覚えた。

電話が鳴っている。

夕方のトラブルが頭を過《よぎ》った。慌ててポケットからスマホを取り出した。

「なんだ、光則《みつのり》か」

二つ年下の弟だ。少し迷ってから、電話に出た。

「はい、何の用？」

「ねえちゃん、今、外？」

お互い大人になってからはほとんど喋る機会がない姉弟だ。だが、びっくりするくらい聞き覚えがある声だと感じた。

「そうよ」

「……梨沙は？」

ほんの一瞬の沈黙を感じた。

「一緒に決まっているでしょ。保育園のお迎えの帰り道よ」

思わず語気が強くなった。

「ごめん、怒らないでよ。ねえちゃんが子供を置いて夜遊びしてるなんて、思ってないよ。しかし法律事務所の弁護士って、本当に激務なんだね。もう十一時だよ。これから帰っていろいろやったら、ねえちゃんが寝るのって、余裕で日付が変わっちゃうよ」

「何の用？　お母さんに言われて、私の生活を探ってるの？」

光則は奈緒子と同じくエスカレーター式の有名私立大学を卒業後、メガバンクに就職した。

二十八歳で同じ職場で事務職として働いていた麻衣《まい》と結婚して、女の子と男の子の二人の子供がいる。

「いや、お母さんは関係ないよ。今、横浜の家ではねえちゃんの話はタブーだから。俺のほうからねえちゃん大丈夫なの？　って訊いても、聞こえないふりされる」

光則は冗談めかして言ったようだが、疲れた身体には思ったよりきつい言葉だった。

「そう。なら何の用？　もうすぐマンションに着くから、二分以内で話して」

奈緒子は足を速めた。

「麻衣がさ、電話しろって言うんだけどさ。ねえちゃんもしよかったら、梨沙を連れて週末にうちに来ない？」

「せっかくだけど、ホームパーティに参加している余裕はないわ」

奈緒子はぴしゃりと答えた。

「ちがう、ちがう。週末って、ねえちゃんがひとりで梨沙の面倒を見てるんだろ？　麻衣が、少しは息抜きして身体を休める暇がないと倒れちゃうよ、って」

光則が少し声を高くした。麻衣の口真似だろう。

仲の良さそうな夫婦の姿が想像できて、胸がざわついた。

光則と麻衣は二人きりのとき、奈緒子のことをどんなふうに話しているのだろう。

「ありがとう。でも、子連れで横浜まで移動するのは大変だから遠慮するわ。麻衣さんにもよろしく伝えておいて」

「たまに、梨沙だけでも来れば？　送り迎えは俺が車出すからさ。うちは下の坊主がようやくどうにか小学校に入れたから、麻衣も育児は一段落だし。平日昼間も、もし鍵を預けてくれたら、ねえちゃんが留守のうちに麻衣が掃除とか常備菜《じょうびさい》作ったりとか、家事をやってもいいって……」

「やめて、そんなこと。私は梨沙と離れたいなんて思ってないから」

固い声が出た。

麻衣のお節介に苛立《いらだ》ちが込み上げた。ずいぶん昔に会ったきりで、顔もしっかりとは覚えていない義理の妹だ。

女子大を出て結婚して、夫の実家近くの横浜の桜木町《さくらぎちょう》で、海を臨《のぞ》むタワーマンションに暮らす専業主婦。

二人の子供は〝お受験〟をして、光則の言葉を借りるなら「ようやくどうにか」父親と同じ有名私立小学校に入学した。

片や奈緒子のほうは、朝から晩まで働きづめで、子供の父親を家族に紹介することさえできなかった四十過ぎのシングルマザーだ。

私と麻衣の生き方はまったく違うことが、麻衣にはわからないのだろうか。

私が努力してきたこと、私の人生で一番大切なことは、あなたとは違う。ただ同じように出産経験があるというだけで、急に仲間のように親密に思われるのは心外だった。

「うーん、じゃあ、まあいっか。また電話するわ」

光則が奈緒子の不機嫌には慣れた口調で切り上げた。

「くれぐれも、大事な用事があるときだけにしてね。私は忙しいの」

奈緒子は乱暴に答えて電話を切った。

3

マンションのリビングの窓には、輝く夜景が広がっていた。

麴町《こうじまち》駅からすぐのところにある、二十畳のリビングに八畳のベッドルーム、三畳の書斎スペースのある、一人暮らし用の高級マンションだ。

リビングは黒を基調とした家具で揃えられていて、淡い色の間接照明で照らし出される。

ベッドルームは完全に北向きで陽の光がまったく入らないので、リビングのソファセットの目の前にベビーベッドを置いた。

奈緒子は梨沙を抱っこ紐からベビーベッドに移して、ほっと息を吐いた。

梨沙はいびきをかいて深く眠っている。

カーテンを引いてから、その場で服を脱いだ。

急いで風呂に入らなくてはいけない。が、少しでも梨沙をひとりきりにする時間を少なくしたかった。脱衣所でのんびり服を脱いでいる間に梨沙に何かがあったら、悔《く》やんでも悔やみ切れない。

ブラジャーを外すと、両方のおっぱいがどしんと重く垂れ下がった。

恐る恐る右のおっぱいに触れる。ぎゃっと声を上げたくなるくらいの激痛が走った。

「最悪だ。おっぱい、溜まっちゃってる……」

結局、あれから急ぎの用事が立て込んでしまって、夕方の五時くらいに一度搾乳をしたきりだ。それからもう六時間も経っている。

メガホンのような形をした電動の搾乳機をおっぱいに当てて、母乳を搾り出す。

海外のメーカーのハイパワーの搾乳機だ。国内では病院用としてレンタルでしか扱っていないところを、公式サイトから直接取り寄せた。

母乳はすぐに二百五十ccのタンクに一杯になってしまうので、二回ほど流しに捨てた。

ほんの五分ほどで手早くシャワーを浴びて、また裸のままリビングに戻ってくる。

「梨沙、ママ戻ってきたよ。大丈夫だった？」

寝ているところを起こさないように、囁き声で近づく。

梨沙の健《すこ》やかな寝息に耳を澄まして、涙が出るくらい安心する。

パジャマを着ようと腕を上げたら、今度は触ってさえいないのに右のおっぱいがずきんと痛んだ。

「冷やさないと駄目か……。お願い、乳腺炎だけは勘弁して」

乳腺炎はおっぱいの中の古い母乳が乳腺に詰まって炎症を起こす病気だ。悪化すると高熱を出し、ひどいときには乳房を切開《せっかい》して膿《うみ》を出す手術が必要になる。

保冷剤を探すために、冷蔵庫に向かった。

冷蔵庫には中身がほとんど入っていない。

奈緒子は朝の八時から夜の十時まで働き、梨沙はその三十分前から三十分後まで保育園にいる。この家で食事をすることはほとんどない。

「冷凍庫のほうに入れたのかなあ」

冷凍庫を開けると、スピリタスの瓶《びん》が目に飛び込んできた。アルコール度数九十度以上のウォッカだ。

ガラス瓶にびっしり霜が付いていて、いかにもきんきんに冷えた様子だ。手に取ると中の液体がとろりと揺れた。

唐突に息苦しくなって、その場にしゃがみ込んだ。

トモヤはこの家のバカラのロックグラスに、冷凍庫で冷やしたスピリタスを入れて飲むのが好きだった。

七つ年下のトモヤと出会ったのは、行きつけだった東銀座《ひがしぎんざ》のバーだった。

平日の夜なのに、スーツ姿ではないのが新鮮だった。こざっぱりしたストライプのシャツにチノパン、という育ちのいい学生のような服装だった。

スマホを忙しなくいじることもなく、ただわずかな微笑みを湛えて幸せそうにひとりで飲んでいた。

奈緒子が生きる世界とはまったく別のところを揺蕩《たゆた》う人に見えた。

トモヤと話すと、張り詰めた気持ちが緩んだ。奈緒子自身つまらないとわかっている泣き言にも、めんどくさそうな素振りは微塵《みじん》も見せず、親切で的確な答えを返してくれた。

職業を訊いても、すぐには教えてくれなかった。

初めて泊まったデートの朝に、「実は占《うらな》いの仕事をしているんだ」と明かされた。

易学《えきがく》やタロットカードや数秘術《すうひじゅつ》、その他いろんな占いの影響を受けてトモヤが独自に開発した方法で、政治家や芸能人、財界の大物といった富裕層を相手に商売をしているらしい。

「私のことも占ってよ」

なんだか胡散臭《うさんくさ》いなあと思いながらも、錚々《そうそう》たる顧客の名前に、もしかして実はすごい人なのでは、と気持ちが揺らいでいた。何より目の前のトモヤという男に興味があった。

「ダメ。僕にとって占いはあくまでもビジネスだから。大事な人のことは絶対に占えないよ」

その答えを聞いたときに、心を摑まれてしまった。

トモヤは自分と〝波長の合う〟人の仕事の依頼だけを受けて、自由気ままに暮らす男だった。

あまり忙しくしているようには見えなかったが、不思議と金に困っている様子はない。奈緒子に金銭的に頼ることは一度もなかった。

六本木、赤坂《あかさか》近辺の外資系ホテルを転々とするホテル暮らしをしていて、時々、何も告げずにふらりと海外に行ってしまう。

だが週末は決まって奈緒子の麴町のマンションに泊まって、一緒に心地よい時間を過ごした。

トモヤの人生はまっとうではなかった。わかっていた。

彼には、世の中の大多数の大人のように、辛いことと苦しいことを努力で乗り越えて、少しでも成長しようと進む姿勢はどこにもない。

だがトモヤといると落ち着いた。頭の上に、肩の上に、日々積み重なっていく嫌なことが、トモヤの笑顔を見ていると急に下らないことに思えた。

「私、妊娠したみたい」

答えはわかっていたつもりなので、できる限り淡々と言った。

「奈緒子のことは大好きだよ。でも僕は、人の親にはなれないよ」

あのときの言葉は一言一句違《たが》わず思い出せる。

トモヤは顔色一つ変えなかった。

出会ったときと同じように、静かな笑みさえ湛えていた。

「じゃあ、これでお別れね。私は産むわ」

自分の口から飛び出した言葉に、奈緒子自身が一番驚いていた。

これまで結婚にも出産にもまったく興味がない人生だった。

三十代前半の頃に結婚を考えた相手には、別れ際に「僕の両親が、本家の長男が弁護士の妻をもらうというのは、見栄《みば》えが悪いと言っていた」と伝えられた。

思わず笑いが込み上げた。まるで褒められたように力が漲った。

「妻」「嫁」「母親」……。男に押し付けられるレッテルなんてまっぴらだった。

四十を前にして、子供を持つタイムリミットの話が周囲から出始めても、「私は一生、子供は欲しくないんです」と胸を張って答えた。

どうしてあのときの私は、あんなに迷いなく「産む」と言えたのか。

トモヤを少しでも困らせたかったのだろうか。妊娠中絶手術を強《し》いられるなんて絶対に嫌だ、私の身体は私だけのものだ、とトモヤに宣言したかったのだろうか。

今でも不思議な気持ちになる。

「ううーん」

はっと顔を上げた。梨沙の泣き声だ。

慌ててキッチンの電気を消す。

「ママ、ママ……」

「えっ？　梨沙？」

しばらく考えてから、呼ばれていると気付く。

ほんの数日前まで梨沙は「マンマ」としか言えなかった。それがいつの間にか誰が聞いても「ママ」とわかる発声で、はっきりと言えるようになっている。

「なあに？　ママだよ。ここにいるよ」

ベビーベッドに駆け寄った。

梨沙は寝ぼけ眼《まなこ》で周囲を見回していた。

奈緒子に気付くと、必死の様子で両手を差し伸べる。もう一度「ママ」と呼んだ。

「おいで、抱っこしてあげる」

奈緒子は梨沙を抱き上げた。と、息がぴたりと止まった。

「うっ……」

喉の奥から呻《うめ》き声が漏れた。

激痛が右胸に走る。

「うわーん」

直後、梨沙の甲高い泣き声が響き渡った。

「梨沙、どうしたの？　大丈夫よ。平気よ。痛っ……」

必死であやしながら、梨沙が身体を動かすたびに右胸に鋭い痛みを感じる。

構わずに力いっぱい梨沙を抱きしめた。

傷口を刃物でえぐられるような痛みだ。

「梨沙、大丈夫、ママがいるからね。ママがあなたのこと、ひとりでもちゃんと育てるから」

言いながら、声に涙がまじる。

泣いてはいけない。

母親の泣き顔を見たら、きっと梨沙が不安になる。私は絶対に泣いてはいけないんだ。

だって今のこの状況は、すべて私が望んだことなんだから。

誰にも望まれていないのに、私が選んだ道なんだから。

奈緒子は奥歯を噛みしめた。一粒だけ鼻先から落ちた涙を、親指で強く拭った。

4

おっぱいが痛くて目が覚めた。時計は朝の五時だ。

奈緒子はソファから身体を起こした。

夜のうちに母乳が溜まった両胸が、だるんと重く垂れ下がった。おっぱいは限界まで空気を入れたビーチボールのように硬く、巨大に膨れていた。

身体を起こしたせいで変な力がかかったのか。みるみるうちにTシャツの胸元に染みが広がっていく。

「ああ、もう……」

顔を洗う前に、歯を磨く前に、まずは搾乳機で母乳を搾る。

寝起きの母乳の量は凄まじい。昼間働いているときの数倍の量が溜まる。

結局、ブラジャーを着けられるほどおっぱいが落ち着くまでに、二百五十ccのタンク三回分を捨てた。

右胸の下を触る。やはりまだしこりは消えていない。

触るとずきんと痛みはあった。だが、我慢できないというほどでもない。このままならば、自然に治ってくれるかもしれない。

「ママ?」

キッチンの流しで搾乳機を洗っていると、梨沙の声が聞こえた。

六時半。梨沙が起きる時間だ。

まったくもっていつもどおりの朝なのに、なぜか、今日もまた時間がなかった、と頭を抱えたい気持ちになる。

ほんの一年半ほど前まで、朝の時間はとても充実していた。

早起きしてカフェで勉強をしたり、社内で有志を募《つの》るブレックファーストミーティングと呼ばれる会議にも欠かさず出席できた。

月に数回は近所の二十四時間開いているジムで、早朝クラスを取ったりもした。

特にジムの早朝クラスは楽しかった。ヨガやピラティスはもちろん、太極拳《たいきょくけん》や護身術《ごしんじゅつ》など、その分野でテレビ出演の多い有名な講師ばかりがやってくる。

宝塚《たからづか》出身のヨガ講師の顔の小ささに感動し、傭兵《ようへい》出身という護身術の講師の黒光りする二の腕に目を丸くした。

新しい刺激、新しい経験は、明日ももう少し仕事を頑張ろうという力をくれた。

物心ついてから梨沙を産んだその日まで、自分の時間をいかに充実させるかということだけを考えて生きてきた。

「はい、ママだよ。ここにいるよ。梨沙、おはよう！」

奈緒子が近づくと、梨沙がベビーベッドの柵越しに、にこっと笑った。

ぐっと涙が込み上げた。

出産するまで、子供なんてまったく好きではなかった。それなのに今、梨沙を前にすると、こんなに可愛い存在はこの世のどこにもいないと思う。

「ママ！　ママ！」

「おいで、テレビを観よう。ニャンニャンとお姉さんのお歌が始まるよ」

奈緒子は壁掛け式の巨大なテレビ画面に、リモコンを向けた。録画リストの中から夕方の幼児番組を探し出して、再生ボタンを押す。

明るい歌と踊りに合わせて、ゼロ歳児向けの番組が始まる。

梨沙がテレビの画面に気を取られている間に、オムツを替えて着替えさせて粉ミルクを哺乳瓶で飲ませた。合間に自分の着替えとメイクも済ませて、保育園に持っていくバッグの中をもう一度確認して玄関に置く。

時計をちらりと見る。

出発まであと十五分だ。

梨沙は真剣な顔でテレビの画面をじっと見つめている。

画面では、やっと歩けるようになったくらいの赤ちゃんたちが、お姉さんの歌に合わせて身体を揺らしている。みんな、楽しくてたまらないというような満面の笑みを浮かべている。

この子たちには、みんなお父さんがいるんだろうか。

心の中の呟きに、ぎょっとした。

何を湿《しめ》っぽいことを言ってるんだ、と自分に猛烈に苛立った。

「梨沙、ママのお膝においで」

テレビに目を向けたままの梨沙を膝に乗せて、背後からぎゅっと抱きしめた。

産毛《うぶげ》のように細く柔らかい髪に頬を寄せると、胸をくすぐる甘い匂いを感じた。

「梨沙、教えて。どれがニャンニャン？」

出せる限りの優しい声を出して、梨沙の顔を覗き込む。

「ニャンニャン」

梨沙がテレビ画面に映る猫の着ぐるみを指さした。

「そうなんだ、あれがニャンニャンなのね。教えてくれてありがとう」

言ってからすぐに、苦笑いを浮かべた。「教えてくれてありがとう」なんて、赤ちゃんを相手に使う言葉ではない。

赤ちゃんを相手にどんな喋り方をして、どうやって遊んであげたらいいのか。私にはいつもさっぱり見当がつかない。

「ニャンニャン」

梨沙が画面を指さしてもう一度言った。奈緒子の顔をじっと見つめる。

「……そう、ニャンニャンね。わかるわ」

奈緒子は戸惑いながら固い声で答えた。

喰い入るようにこちらをまっすぐ見つめてくる梨沙に、少々気が引ける気持ちだった。

ふいに、梨沙がぱっと笑った。

テレビの中の赤ちゃんたちと同じように、心から嬉しそうに笑った。

「ママ、ニャンニャン」

梨沙が奈緒子の胸元に顔を押し付けた。

「……梨沙」

何と答えたらいいかわからないから、名前だけ呼んだ。

梨沙の頭を撫でて、もう一度強く抱きしめる。いつの間にか奈緒子の頬にも笑みが浮かんでいた。

「梨沙、大好きよ」

耳元で囁くと、梨沙の柔らかくて熱い身体がぱたぱたと左右に揺れた。

私は幸せだ、と心で唱える。梨沙に出会えて幸せだ。梨沙と過ごすことができる今この時は間違いなく幸せだ。

大丈夫、やっていける。私は絶対に、大丈夫だ。

時計に目を向けた。

「よしっ、梨沙。出発の時間よ」

奈緒子は力強い声で言った。

5

「おはようございます」

奈緒子は周囲の後輩たちに声をかけると、背筋を伸ばしてデスクの前に腰かけた。

オフィスに上がるエレベーターの中で、気持ちをさっぱり切り替えた。

ノートパソコンの電源を入れている間に、机の上に山積みになったクリアファイルの中身を、一つ一つ手早く確かめる。

DDレポート、準備書面の締め切り、契約書レビュー……。専門用語が頭を満たすうちに、梨沙の笑顔が消えていく。梨沙を抱いたときの胸の疼《うず》きが消え去る。

自分が妊娠をして出産をしたということが、まるで夢だったような気がする。

「長谷川さん、おはようございます。ちょっとミーティングルームへ来てくれますか？」

振り返ると、奈緒子の直属の上司、〝パートナー〟の李《リ》が精力的な笑顔を浮かべた。

李は中国で生まれて、小学校から高校までをアメリカで過ごした。その後、東大の法学部へ一般入試で合格し、在学中に司法試験に合格した。中国語と英語と日本語を堪能に操り、最難関《さいなんかん》の司法試験も一発で合格、さらに入社してからは最年少で〝パートナー〟に昇格した。

新聞の経済面に大きく取り上げられるような事案に、いくつも関わっている。〝パートナー〟としての実績は数多いが、年齢は奈緒子よりもわずか三つ年上の四十四歳だ。

奈緒子がどれほど努力しても、決して敵《かな》わない超エリートだ。

ガラスの壁で区切られた一角に入ると、李がドリップマシンで淹《い》れたコーヒーを差し出した。

「そろそろ、育児休暇から復帰して一ヶ月になりますね。体調はどうですか？　何か問題はありますか？」

李は長机に寄りかかって、立ったままコーヒーを飲んだ。

「何も問題ありません」

奈緒子は即答した。

「お子さんは保育園には慣れましたか？」

保育園、という言葉に親しげな響きを感じた気がした。

李には中学生を筆頭に三人の子供がいる。妻は国内大手金融機関の研究所で働くコンサルタントだ。

「はい。今のところ一度も熱も出さず、毎日元気に通っています。病《びょう》児《じ》保育の看護シッターの登録も済ませましたので、万が一のときでも業務に支障なく対応できそうです」

一年と少し前のことを思い出す。

「妊娠してしまいました。春に出産予定です。結婚はしません」

泣きたいくらい不安な心を抑えて、挑《いど》むような気持ちで李に報告をした。

「わかりました。産前産後の休暇と育児休暇を取得するのは、長谷川さんの権利です。何も問題ありません」

少しも驚いた顔を見せずにそう答えてくれた李に、胸の中で手を合わせたいくらい有難く思った。

同時に、子供を産むことで決して職場に迷惑をかけてはいけないと心に誓った。

本来、育児休暇は、産後一年間は取得可能だ。しかし育児休暇を満期で取るなんてことは、会社の厚意に付け込んでいるようで、とてもじゃないけれどできなかった。

結局、出産した病院の医師のアドバイスに従って、育児休暇の期間は半年と決めた。できることだったら、産後一ヶ月で職場に復帰したかったくらいだ。

「長谷川さんの業務のために、何か私たちができることはありますか？」

李が力強い声で訊く。

ぞくりと鳥肌が立つ気がした。

激務で身体を壊したり、家庭を持ってライフワークバランスを考え直したり、という理由で、この職場を去っていった同僚はたくさんいた。

今から個人相手の訴訟を請け負う弁護士になるのは難しいが、国内企業の法務部に転職すれば、手厚い福利厚生《ふくりこうせい》に守られて定時勤務で働くことができる。

気持ちがくじけそうになった頃を見計らったように、弁護士専門の転職エージェントから今よりも〝楽な〟仕事の提案を受けたことは幾度もあった。

奈緒子はそのたびに、まるで悪魔の囁きを聞いたような気分で、きっぱり断ってきたはずだ。

「いいえ、大丈夫です。特別な配慮《はいりょ》は必要ありません」

負け犬として立ち去るなんて、耐えられなかった。

ミーティングはほんの数分で終わった。

デスクに戻って昨日からの仕事の続きに取り掛かる。

仕事量は膨大で常に頭を高速で回転させているので、時折目を開けていられないくらいの頭痛に襲われた。

パソコンの画面から目を逸らさずに、手探りでバッグから鎮痛剤を取り出して飲む。

この数年、とんでもないミスはほとんどなくなった代わりに、自分の能力を発揮することができたという達成感は少ない。

若手〝アソシエイト〟のミスのチェックとレポートの取りまとめ。〝パートナー〟の業務に限りなく近い仕事を任されているのに、私は決して〝パートナー〟にはなれない。

幼い頃から〝神童《しんどう》〟と呼ばれ、将来は自分の能力で世界を変えるような仕事をする女性になると信じていた。だがここが、私の限界なのかもしれない。

周囲のデスクから立ち上がる人がちらほら見え始めた。はっと顔を上げると時計は十一時四十五分。このオフィスではランチの行列に遭遇《そうぐう》するのを避けるために、皆が十二時前に休憩を取り始める。

「お先にランチ、いってきます」

明るい声に顔を上げると、財布を手にした後輩の女性と目が合った。今まさにオフィスから出ようとしていたところだ。

「はい、いってらっしゃい」

「あっ、長谷川さん！　ちょっと……」

後輩が目を丸くした。

「えっ？」

後輩が周囲の目を気にしながら、自分の胸元を指さす。

奈緒子は釣られて視線を落とした。

「わっ！　やだっ！」

低く叫んだ。

ブラウスの胸元に大きな染みが広がっていた。

慌ててバッグを抱えてトイレに駆け込んだ。

これまでこんなふうに母乳が大量に漏れてしまった経験はなかった。それも職場でなんて。

どうしてこんなことになってしまったんだろう。いつもは昼の休憩までは何とかおっぱいのことを考えなくて済んでいたのに。

紙オムツを広げて、母乳をじゃーじゃーと搾る。

周囲のトイレの個室から、次々と人が出てはまた入る。

今でまだよかった。気付いたのも後輩の彼女だけだろう。

でもこれが、男性社員とのミーティングの最中だったら。クライアントとの打ち合わせの最中だったら――。

想像しただけで、情けなくて恥ずかしくて涙が出そうになった。

母乳を搾る手に力が籠る。一刻も早く元の身体に戻らなくては。いつもの私、妊娠も出産もする前の本当の私に戻らなくてはと、心で叫ぶ。

「あっ」

右の胸がおかしかった。

下側の一部だけにあったしこりが、半月状に広がっている。

どこまでしこりが広がっているかを探るためにそっと押すと、痛みは右の脇の下まで鋭く抜けた。

ポーチからファンデーションのコンパクトを取り出す。

ファンデーションの粉が付いた鏡を親指で手早く拭って、自分のおっぱいを映す。

「もうやだ、どうしよう……」

口の中で呟いた。

奈緒子の右のおっぱいは、まるでぶつけてあざができたように、しこりの部分が真っ赤に変色していた。

6

「夜遅くに申し訳ありません」

眠り込む梨沙を抱っこ紐で胸に抱いて、奈緒子は深々と頭を下げた。

「急患《きゅうかん》ですもの。ぜんぜん、大丈夫ですよ。明日は〝おっぱい先生〟はお休みをいただく予定だったので、間に合ってよかったです」

玄関の上がり框で、長身の美女が大きく首を横に振った。

くっきりとした二重と長い睫毛の整った顔立ちをした、若い女性だ。

顔が小さく手足が長くて、驚くほど姿勢がよい。気力体力が漲った、若さが弾けるような姿だ。

エプロンの胸元に《田丸さおり》という名札があった。

「お荷物、お手伝いしますね。あ、それと、お電話でもお知らせしましたが、申し訳ありませんが時間外の場合は、料金が三千円ほど追加でかかってしまうんですが……」

「もちろんです。こちらの我儘《わがまま》で診察をしていただくのですから、当然です」

奈緒子はきっぱりと頷いた。この痛みをどうにかしてくれるなら、三千円なんて痛くも痒《かゆ》くもない。

ランチの時間を犠牲にして、ネットで世田谷区の上町駅近くの《みどり助産院》を探した。

いくら探しても口コミはおろか、所在地も電話番号も見つからない。

少し迷ってから〝都内〟〝助産院〟というキーワードで検索をして、上町駅の住所にいちばん近い、ホームページの情報が充実した助産院を探した。

そこは〝母乳〟の専門ではなく、出産を専門に扱っている助産院だった。《みどり助産院》と完全な同業者ではないが、お互い存在を知らないはずはない。

「大変失礼なことと十分承知しているのですが、申し訳ありません。乳腺炎が悪化してしまってどうにもならなくて。《みどり助産院》について、何かご存じのことがありましたら、どうか教えていただけないでしょうか」

電話に応対した年配の女性は、快く《みどり助産院》の電話番号を教えてくれた。

「お仕事、お疲れさまです。夕飯は召し上がりましたか？」

さおりに訊かれて、奈緒子は一瞬呆然とした。

「……忘れていました」

夕飯どころかお昼も食べていない。

あれからおっぱいの痛みはどんどん増していった。気付くと身体の右側だけが傾いていて、右腕が上がらなくなっていた。

心臓の鼓動に合わせて、おっぱいがずきずきと痛む。

次第に明らかに右の脇の下だけ高熱を持ってきた。

明日にできる仕事は全部後回しにして、夜の八時半に仕事を切り上げた。

梨沙を保育園に迎えに行ったその足で、タクシーに飛び乗った。

自分の食事のことなんて、考える余裕はまったくなかった。

「それではなるべく早くに、〝おっぱい先生〟に診察をしていただきましょう」

さおりが頼もしげに頷いた。

通された部屋は、旅館の宴会場を思わせる二間続きの和室だった。

おそらく庭に面している大きな掃き出し窓には、すべてロールカーテンが下りている。

手前の十畳ほどの広い部屋にはミントグリーンのソファと、赤ちゃん用のオムツやおもちゃ、絵本などがある。その真ん中に小さな布団が一組敷かれている。

今日の診察はとっくに終わり、片付けも済んだところだろう。中は綺麗に整理整頓されていて、部屋の隅に掃除機が置かれていた。

「こちらにお布団を敷きました。暗くしておきますので、梨沙ちゃんはお休みしていてください」

さおりが赤ちゃん用の布団を手で示し、十畳の電気だけをぱちんと消した。

「どうもすみません。ご迷惑をおかけします」

梨沙を抱っこ紐から出して、布団に寝かせた。

「長谷川さんが診察を受けている間は、私がずっと梨沙ちゃんの横で寝顔を見張っていますから、大丈夫ですよ」

さおりが低い落ち着いた声で、胸を張った。

廊下から近づいてくる足音が聞こえた。

奥の八畳の襖がすっと開いた。

白髪の初老の女性が、手に洗面器を抱えて現れた。

この人が〝おっぱい先生〟だ、と、心の中で呟く。

長く専門職で生きてきた女性特有の、知的で冷静沈着で、そして少しだけ浮世離れした変わり者の雰囲気を感じた。

「先生、長谷川さんです」

さおりの言葉に小さく頷き、まっすぐに奈緒子の顔を見据える。

「こんばんは、お電話いたしました長谷川奈緒子です。こんな非常識な時間に、大変申し訳ありません」

「いいえ、構いません」

〝おっぱい先生〟は淡々と答えた。

こういう女性は嫌いではないと思った。

身体が辛くて気が弱っているこんなとき、見せかけの優しさや気まぐれな情の深さに付き合わされるのは、一番疲れる。

人によっては冷たさを感じるかもしれないビジネスライクな対応は、奈緒子には居心地がよかった。

「はじめまして、助産師の寄本律子です。おっぱいに痛みがあるということですね。上を脱いでこちらの布団に横になってください」

律子は畳の上に正座して、丁寧に頭を下げた。

「あっ、そのTシャツ……」

白衣の胸元から覗く律子の黒いTシャツ。胸の上部にあるロゴには見覚えがあった。

ジムの早朝クラスで、護身術の講師が着ていた、自分の主宰《しゅさい》する道場のロゴの入ったTシャツだ。

元傭兵という肩書を売りにしたその講師のクラスは楽しかった。

仮想の敵を想定して、皆で大声を上げて拳を振り回し、敵の股間《こかん》を狙って渾身《こんしん》の膝蹴りをお見舞いする。

「もしも興味を持ってもらえたら、道場のほうにもぜひ遊びに来てくださいね」

帰り際にもらったチラシとステッカーに描かれていた力強い筆書きのロゴは、持ち歩いているだけでなんだか強くなれたような気がした。

「これは○○道場のものです。ご存じでしたか」

律子はそれ以上会話を広げる気はない様子で、無表情で答えた。

「あっ、はい。ジムでそちらの先生の出張講座を受けたことがあるので、思わず……」

言いながら、馴《な》れ馴れしい患者と思われてはいけないと、慌ててスーツのジャケットを脱ぐ。ブラウスも脱ぎ捨て、ブラジャーを外した。

「痛っ……」

思わず下唇を嚙みしめた。

目を落とすと、右のおっぱいの全体が真っ赤に変色していた。

腫れ上がった赤みの中に青い血管が浮き出して、まるで巨大な腫瘍《しゆよう》か何かのような禍々《まがまが》しい姿だ。

ブラジャーを外したときの刺激のせいだろうか。乳首から見たこともないほど濃い黄色の母乳が流れ出した。

「失礼します」

律子が横になった奈緒子の胸の上に熱いタオルを置いた。

照明に照らし出された和室の天井には、糸に連なった切り絵が垂れ下がっている。

パステルカラーのお人形や動物たち。ガーゼのタオルケット。真新しい畳と清潔なお湯の匂い。

この部屋にあるどれもが、夜のこの時間のためにあるものではないとわかる。

「長谷川さんは、先月からお仕事に復帰されたばかりだそうです。梨沙ちゃんは七ヶ月です。お仕事復帰までは、母乳中心に時々粉ミルクを哺乳瓶であげる、混合育児をされていました」

さおりが、囁き声で言った。

「日中は搾乳をされていますか？」

律子が蒸しタオルの上にそっと手を当てた。

鋭い痛みを感じるかもしれないと身構えたが、何事もなく、ほっと息を吐く。

「はい。ですが仕事が忙しくて、半日近く搾乳ができないときもあります。きっとそのせいで、胸に古い母乳が溜まってしまったんだと思います」

「一回の搾乳の量はどのくらいですか？」

「毎回、胸の形が変わるくらい、ものすごい量が溜まってしまっています。ぜんぶ搾ると、左右の胸で五百ccは当たり前です。寝起きなど、ひどいときはそれ以上になります」

律子が頷いた。

「今は、梨沙ちゃんにおっぱいを直接吸ってもらうことはありますか？」

「ありません。私が仕事に復帰してからは直接授乳をしている時間がないので、粉ミルクを哺乳瓶であげています。梨沙がミルクを飲んでいる間に、済まさなくてはいけないことがたくさんあるので」

この人は、母乳育児を続けることの大切さを説《と》くタイプの女性だろうか。そうではないと信じたいが。

奈緒子はちらりと律子の顔を見上げた。

「私、シングルマザーなんです。周囲に頼る人は誰もいないので、すべてひとりでやらなくてはいけません。母乳育児の大切さは理解していたので、生後半年までは極力母乳をあげて育てました。ですが、仕事に復帰したら授乳はできません。最初から決めていたことです」

何か文句があるなら受けて立つ、という気持ちだった。

「それでいいと思います。長谷川さんが心地よく過ごすことが一番大切です」

律子はあっさりと頷いた。

奈緒子ははっと息を吞んだ。

「痛みがあるのはこのあたりですか？　失礼します、少し押します」

律子がタオルの上からゆっくりと力を加えた。

「痛いです。そこです」

奈緒子は顔を歪めた。

「わかりました。それでは、おっぱいを診させていただきます。少し痛みがあるかもしれませんが、ご容赦《ようしゃ》ください」

律子は無表情で言い切った。

7

胸の上のタオルが外れた。

今さらおっぱいを触られることに抵抗なんてまったくない。どれほどの痛みだって我慢できる。

私は何も怖くないと思った。

このおっぱいの痛みを治してくれて、一刻も早く元の生活に戻してくれるなら――。

元の生活、と心でもう一度呟いた。

夜のオフィスの光景が脳裏に浮かんだ。今の時間もまだ、たくさんの仲間がオフィスで残業を続けているはずだ。

誰もが目の前の仕事に人生のすべてを懸けて真剣に取り組み、自分の能力を評価されて、会社に、社会に貢献できる、なくてはならない存在になることを目指して突き進んでいる。

「乳腺が詰まっています。乳首に母乳の脂肪分《しぼうぶん》が溜まって、出口を塞《ふさ》いでいる状態です」

律子が低い声で言った。

「乳腺炎、ということでしょうか？」

「赤みと腫れがあるので、病院に行けば初期の乳腺炎と診断されて、痛み止めと抗生物質《こうせいぶっしつ》を処方されるでしょう。ですが、まだ化膿《かのう》はしていないので、こちらで治すことができると思います」

律子は奈緒子のおっぱいにしばらく目を凝らした。

小さく頷いてから、乳首を強く押した。

痛みに思わず奥歯を噛みしめた。

〝おっぱい先生〟、どうか頑張って！　と心の中で唱える。

どうか治して！　どうかこの痛みから解放して！　どうか元の私に。誰にも迷惑をかけずに、自分ひとりで立っていた私に戻してください！

「わっ！」

ぷつっと音がした。

同時に奈緒子のおっぱいから四方八方に母乳が飛び散った。

律子の手はおっぱいの一点をただ押さえているだけだ。

奈緒子が自分のおっぱいを搾乳するときのように、いろんな方向から乳首を捻って母乳を搾り出しているわけではない。

それなのに母乳が噴き出す勢いは止まらない。

奈緒子は噴水のように天井に向かって飛ぶ母乳の線を、しばらく呆然と眺めた。

時間にして一分ほどの長い時間だ。

自分の身体の中にこれほどの勢いを持った液体が溜まっていた、ということにただただ驚く。

「乳腺の詰まりは解消しました。ご自分のおっぱいを触ってみてください」

律子はタオルで奈緒子の鎖骨《さこつ》のあたりまで念入りに拭いた。

「えっ、もう？」

半信半疑で触ってみた瞬間に、ああ、と涙が出そうになった。

おっぱいの痛みは幻《まぼろし》のように消え失せていた。

硬いしこりもうどこにもない。柔らかくて温かい、自分で触っていて嬉しくなるような健康なおっぱいだ。

「治っています！　もうぜんぜんどこも、痛くありません」

安堵《あんど》のあまり声に涙がまじった。

「乳腺の出口に、にきびの芯のような脂肪分の塊《かたまり》が詰まっていました。栓を抜いて溜まっていた母乳を外に出すことができたので、しこりも痛みも消えたはずです」

「ありがとうございます。本当に助かりました」

奈緒子は身体を起こした。

「まだ終わりではありません。これから、おっぱいの状態をじっくり診させていただきます」

「いえ、もう大丈夫です。痛みさえ取っていただければいいんです。母乳育児はもうするつもりはありませんし。こんなに遅い時間に失礼いたしました。すぐにお暇《いとま》します」

奈緒子は律子の答えの前に、手早く服を着始めた。

急にやらなくてはいけないことが怒濤《どとう》のように押し寄せてきた気がした。

先ほどのおっぱいが痛くてたまらないときとは違う。

今の私ならば、すべて乗り越えることができる。ただ私が、努力さえすればいいのだから。

「わかりました。それでは今日はこれで終わりです。ですが一つだけ、お話があります。これだけは聞いていていただけますか」

律子が人差し指を一本立てた。

「はい、もちろんです」

奈緒子は少し殊勝《しゅしょう》な気持ちで律子に向き直った。奈緒子の我儘にあっさりと合わせてくれた律子に、拍子抜けした気分もあった。

「身体を休めてください。睡眠時間をあと二時間増やしてください」

律子は鋭い目で奈緒子を見据えた。

「それは無理です。私には本当に時間がないんです」

なんだ、この人も無責任なアドバイスをするのか、と力が抜けそうになった。できることなら、とっくにそうしている。

仕事を持つ女性のあなたなら、私の気持ちをわかってくれると思っていたのに。

しばらく二人で睨み合った。

「わかりました。それでは次回の予約は――」

「ごめんなさい、こちらに定期的に通うことはできないんです。今回は辛い症状を治していただいて、本当に感謝しています」

もうここへ来ることはないだろうな、と思いながら奈緒子は頭を下げた。

「わかりました。それでは、今後、万が一同じ症状が出ることがあったら、またいらしてください」

律子は洗面器を抱えて立ち上がった。

踵を返しかけてからふと、立ち止まる。

「《みどり助産院》は、苦しんでいる方にはできる限り対応いたします。今日のように夜遅くでも、早朝、出勤前のお時間でも構いません。二十四時間、いつでもお電話をお待ちしています」

律子の声は穏やかだった。

8

それから三日間は、職場でも家でも猛烈に働いた。

目を覚ましている梨沙と肌を触れ合って過ごすことができるのは、朝、テレビを観ながらのほんのわずかなひと時だけだ。

ママと過ごす時間がほとんどなくなって、梨沙は寂しいに決まっていた。胸が痛まないはずはなかった。だがどうすることもできなかった。

梨沙を抱いて夜道を歩く帰り道、ふと、スマホが鳴ったことに気付いた。

画面にメッセージが映し出されている。差出人の名前は光則だった。

「ねえちゃん元気？　麻衣の実家の甲府《こうふ》から巨峰《きよほう》が大量に届いたんだけど、一緒に食べない？　そんなに日持ちしないから、ダメになったらもったいないしさ。忙しかったら、週末に俺がそっちに持っていくけど」

大事な用事以外で電話をしてくるな、とすげない態度を取ったので、今度はメッセージで連絡を取ることにしたのだろう。

「巨峰か……」

奈緒子は口の中で呟いた。

旬《しゆん》の果物なんて、もう何年も家で食べていない。胃の奥がきゅっと鳴った。

同時に、光則のメッセージの文面にある〝麻衣〟という名前が胸に突き刺さる。

何でもかんでも〝麻衣〟〝麻衣〟だ。まるで夫婦でひとりの人間のように話す光則に、なぜかたまらなく腹が立った。

「ごめん、いらない。日中あまり家にいないから、生ゴミを出したくないの」

素早くスマホの画面に指を滑《すべ》らせる。

メッセージを送信したその瞬間、スマホが鳴った。

思わず発信者を確かめずに通話ボタンを押してしまった。

「はい、もしもし？」

直感でわかった。

まずい、と心の中で叫ぶ。

「奈緒子、元気かな？　僕だよ」

すっと血の気が引いた。

直後に頭にわっと熱が上る。

「誰？」

掠れた声で答えた。

「僕だよ、トモヤ。今、ひとりで飲んでいたら、ほんとうに急に、奈緒子の姿が胸に浮かんだんだ」

「ああ、トモヤなのね。誰だか、ぜんぜんわからなかったわ」

間髪《かんはつ》を容《い》れずに答えた。奥歯を噛みしめる。

「僕の幻の中の奈緒子、すごく寂しそうな顔をしていたんだ。大丈夫？」

しばらく言葉を失った。

「……大丈夫よ」

声が細かく震えていた。

「そういえば、子供。僕たちの子供。結局、産んだのかな？　あれから連絡をくれないから、心配していたんだよ」

トモヤが、奈緒子の不実を窘《たしな》めるようにさえ聞こえる声で言った。

「産んだわ」

ただ一言だけ答えた。決して余計なことを言ってはいけない、と拳を強く握りしめた。

あの話し合いの日以降、メールの一つさえくれなくなったのはトモヤのほうだ。

「そうか、会いたいな。奈緒子は、まだ麴町にいるんだよね？　今から行ってもいいかな？」

電話の向こうの声が弾んだ。

眉間に皺が寄った。脇の下を冷たい汗が伝った。

これから先、生涯、決して関わってはいけない男だとわかっていた。

今ここで家に入れたら、トモヤの闇に引きずり込まれる。

私だけならば自業自得だ。でも、梨沙を巻き込んではいけない。

お金なんてなくてもいい。学歴だって、名声だって、人脈だって、そんなものはどうでもいい。梨沙には、ただまっすぐでまっとうで、毎日を曇りなく生きる人たちに囲まれて暮らして欲しかった。

私と同じような思いは、梨沙には絶対にして欲しくなかった。

それなのに心が揺れる。

マンションの部屋で、トモヤが嬉しそうに梨沙を抱っこする姿。

未来など何もない、ただの残酷な気まぐれだとわかっていても、想像の中のその光景は、涙が溢れるくらい幸福だった。

空を仰《あお》ぎ見る。

ビルの谷間から覗く真っ黒な空に、灰色の雲が浮かんでいた。

「ママ」

そのとき、梨沙が奈緒子を呼んだ。

「えっ？　嘘、起きちゃったの？」

帰り道で梨沙が目を覚ますのは初めてのことだ。

「ママ、ママ」

街灯《がいとう》の灯《あかり》に眩しそうに目を細めた梨沙が、心底不機嫌そうに手足をばたばたと動かした。

「ごめん、忙しいから」

答えを聞かずに電話を叩き切った。

「梨沙、ごめんごめん。起こしちゃったね。大丈夫だよ。ママが一緒にいるよ。早くおうちに帰ってベッドで寝ようね」

梨沙の背をぽんぽんと叩きながら、歩き出す。

梨沙は寝ぼけているようで、とろんとした目を半開きにして奈緒子を見上げた。

「そうだ！　お歌を歌ってあげる。何のお歌がいいかなあ」

奈緒子は口角をぎゅっと上げた。

「ねんねんころりよ、おころりよ、って。ごめん、ママ、子守歌ってこの歌しかわからないけど……」

梨沙の耳元で歌い出す。

「梨沙ちゃんは、いい子だ、ねんねしな」

お婆さんのように嗄《しわが》れた声だ。

頰から涙が幾筋も落ちた。

私は何をやっているんだろう、と思う。

どこで間違えてしまったんだろう。何が悪かったんだろう。

光則のように誰にも恥じないまともな家庭を作ることもできず、トモヤのように世の中から外れて生きるつもりなど最初からなく。

子供の頃から唯一の自身の拠《よ》り所《どころ》だった勉強ができるということだって、李のような生まれついての天才を前にすれば、あっという間にぐらついてしまう。

私はどうして、梨沙を産もうなんて無謀《むぼう》なことを考えたんだろう。

私にはできるはずがないことだった。梨沙を幸せにしてあげるなんてできなかった。

私はトモヤと同じだ。親になってはいけない人間だったんだ。

うまく行かない仕事から、ままならない人生から逃げ出したくて。何の覚悟もなく梨沙を産んだ無責任な母親だ。

「梨沙ちゃんは、いい子だ、ねんねしな」

奈緒子は梨沙を強く抱きしめた。

「ごめんね、梨沙」

謝ってしまったら身体中の力が抜けた。

もう駄目だ。

奈緒子は両目を閉じて、その場にしゃがみ込んだ。

9

「おはようございます！　お待ちしていました！」

玄関のペンキの剝げかけた門を、きい、と開くと、さおりが中から飛び出してきた。

「すみません、朝早くに本当にごめんなさい。おっぱいがまた痛くなってしまって、それと、今度は熱が……」

奈緒子は息も絶え絶えに言った。

あれから家に帰って、もう何もかもどうでもよくなった。

梨沙をベビーベッドに寝かせて、そのまま搾乳もせず風呂にも入らず着替えもせずに、ソファにひっくり返って泣いた。おいおい声を上げて本腰を入れて泣いていたら、いつの間にか意識を失った。

目を覚ますと朝になっていて、両方のおっぱいが千切れそうに腫れ上がっていた。

明らかな身体の異変を感じて体温を測ると、三十八度を超えている。

どうしたらいいのかわからなかった。頭が真っ白の状態で、昨日のスーツ姿のまま梨沙を抱いてタクシーに飛び乗った。

「ぜんぜん、大丈夫ですよ。梨沙ちゃん、朝のオムツ替えはまだですよね。今日は、朝のお支度は私に任せちゃってください。ここには、お着替えもたくさん揃っていますからね」

さおりが奈緒子の背をそっと撫でた。

「すみません。ちょっともう、どうしたらいいのか……」

奈緒子は項垂《うなだ》れた。大粒の涙がぽたぽたと落ちる。

それこそ着のみ着のまま梨沙だけ抱いて家を飛び出してきたので、梨沙は抱っこ紐さえつけていない。

「梨沙ちゃん、失礼します。私と一緒に遊びましょう」

さおりが奈緒子の腕から梨沙を受け取った。

梨沙は嫌がることもなく、神妙な顔をしてさおりにしがみつく。

奈緒子はタクシーの中でもずっと泣き続けていた。梨沙はママの様子がおかしいことに気付いているに違いなかった。

「では、〝おっぱい先生〟がお待ちかねです。奥へどうぞ」

和室に入ると、世界は明るかった。

朝いちばんの白い光が部屋を照らす。

大きな窓の向こうに庭の緑が広がっていた。

ロールカーテンが上げられた奥の八畳の窓が、わずかに開いていた。

天井の切り絵がそよ風にゆらゆらと揺れる。

ピアノの音が聞こえた。どこかで聞いたことがある旋律《せんりつ》だ。

近所の家の窓や、夏休みの学校の音楽室から漏れ聞こえてきた、初心者のための練習曲だ。

有名ピアニストのコンサートでは決して演奏しない、音の一つ一つを聞き取ることのできる限りなくシンプルな曲だ。

「おはようございます。早速《さっそく》ですが、上を脱いで横になってください」

白衣姿の律子が布団を示した。

「ごめんなさい、私……」

「熱が出たのはいつからですか？」

律子が奈緒子の言葉を遮った。

「……今朝からです」

「呼吸器《こきゅうき》や消化器《しょうかき》に、風邪に似た症状はありますか？」

「鼻水も喉の痛みも咳もありません。お腹も壊していません」

「よくわかりました、ではこちらに」

律子は小気味《こきみ》よいくらい素早く答えた。

奈緒子は皺だらけのブラウスを脱いだ。

ブラジャーは漏れ出した母乳でびっしょり濡れている。

奥歯を噛みしめた。また涙が溢れ出る。

自分の身体が思うようにならない。いくら普通の人と同じように過ごそうとしても身体がついていかない。

いくら真剣に仕事をしていても、お前は「お母さん」なのに子供を置いて、寂しい思いをさせている、と自分の身体に攻撃されるような気がした。

痛むおっぱいを揺らさないように気を付けながら、布団の上に横になった。

おっぱいの上に湯気の立つ蒸しタオルが置かれた。

ふいに、律子の熱い掌を感じた。おっぱいではなく、額の髪の生え際だ。

驚いて目を見開く。

律子が真剣な表情でこちらを覗き込んでいた。

「額の熱はそれほど高くないようですね。先ほどのお話から考えると、おそらく溜まった母乳が原因で、脇の下の乳腺が腫れて熱を持っています。前回いらしたときよりも、もう少し深刻な状況で、乳腺炎になりかけています」

律子が奈緒子の前髪を撫で上げた。そのまま頭の中心まで掌を滑らせてから、そっと離す。

ほんの一瞬の、ほんのわずかな仕草だ。

だが今、律子に頭を撫でられたのだとわかった。

「おっぱいのマッサージをさせていただきます。炎症の元となっている古い母乳を出しましょう」

律子がおっぱいに触れた。傷口を押す鈍い痛みが背骨に抜けた。

「痛いです」

奈緒子は口を尖らせた。

「申し訳ありません。最初だけは、少し痛むかもしれません。すぐに楽になります」

「やだ、痛いのは嫌です」

口が子供のようにへの字に結ばれた。頰を涙が伝う。

「我慢してください」

律子はぴしゃりと答えた。

律子の熱い掌が、腫れ上がったおっぱいをそっと押した。

おっぱいの中に溜まっている古い母乳が流れ出した。

こめかみのあたりがすっとして気が遠くなる。

おっぱいが軽くなると、胸の奥に滞《とどこお》っている苦しい気持ちが楽になる気がする。身体に籠った熱がするすると引いていく。

みるみるうちに歪んでいた世界に輪郭《りんかく》が戻ってきた。

奈緒子は深く大きなため息をついた。

おっぱいのマッサージは気持ちよかった。

お母さんなのに梨沙と一緒にいられない申し訳なさ、今の状況に限界を感じてしまっている情けなさ。二十四時間何をしていても付きまとう「私は駄目なお母さんだ」という言葉を、押し流してくれた。

「今の長谷川さんのおっぱいは、分泌過多《ぶんぴつかた》になっています。赤ちゃんが生後六ヶ月という最もたくさんの量の母乳を飲んでいる時期に、急に仕事に復帰したことが原因です」

「私は、やっぱり仕事に復帰してはいけなかったのでしょうか」

涙声で訊いた。

「そんなことは言っていません。話をちゃんと聞いてください」

怒られた。

「母乳は、出せば出すほどおっぱいの中で作られていきます。搾乳の際に両方のおっぱいがすっきりするまですべて搾り切ってしまうと、身体は赤ちゃんを育てるためにその量をまた作らなくてはいけないと思い込みます」

律子が少し強くおっぱいに触れた。

もう痛みは感じなかった。

肩こりを揉みほぐされているような、心地よい刺激だ。

「じゃあ、私は搾乳のたびにたくさんの量を搾りすぎてしまったことで、おっぱいが詰まってしまっていたんですか？」

今度は怒られないように恐る恐る訊いた。

「おっぱいが詰まったのは、また別の理由です。梨沙ちゃんがおっぱいを直接飲まなくなったからです。母乳に含まれる脂肪の塊は、普段は赤ちゃんの吸う力で取り除かれていきます。搾乳だけだとどうしても、出口のところに脂肪分が溜まりやすくなります。お風呂に入った際に時間をかけておっぱいの点検をして、もしも小さなしこりができていたら、洗顔用の柔らかいブラシで乳首をしっかり洗えばかなり改善するはずです」

「……わかりました」

奈緒子は天井を見上げて頷いた。

「搾乳の際は、たくさんの量を搾ってはいけません。とはいっても、すぐには難しいと思いますので、今日から毎日少しずつ、搾乳の量を減らしてみてください。次第に身体がもうおっぱいを作る必要がないと判断して、楽になっていくはずです。身体を起こしてみてください」

「は、はい」

奈緒子は布団の上で半身を起こした。

おっぱいの痛みは完全に消えていた。しかしまだずしりと重い。

「この感覚くらいの母乳をおっぱいの中に残しておくのが、搾乳の目安になります」

「わかりました、意識してやってみます」

奈緒子は頷いた。

「ほかに何か質問はありますか？」

律子が奈緒子の顔を真正面から見つめた。

奈緒子はすぐに「大丈夫です」と言いかけて、一度止めた。

ピアノの旋律が耳に入ってきた。単純なメロディなのに、音のかけらが冷たい川の水のように澄んで聞こえる。

「私の何が悪かったんでしょうか？」

律子の動きが止まった。

「どういう意味でしょう？」

「私は、どうすればよかったんでしょうか。どこでどう間違えて、こんなことになってしまったんでしょうか」

言葉が堰を切ったように溢れ出した。

「こんなこと、とは？」

「私はこの子を、梨沙を、ひとりで立派に育て上げたいんです。世界で一番幸せにしてあげたいんです。仕事も育児も何でもできてかっこいい、梨沙の憧れのお母さんになりたいんです。それなのに、すべてがうまく行かないんです」

奈緒子は顔中をぐしゃぐしゃにして、涙を手の甲で拭いた。

「無理です」

「えっ！」

思わず声を上げた。

耳にした言葉が信じられない気持ちで、律子の顔をまじまじと見つめる。

まさか突き放されるなんて思ってもいなかった。

「……私には、梨沙を幸せにすることができないんでしょうか」

震える声で訊いた。

「そこではありません」

律子が左右に首を振った。

「長谷川さんがひとりで梨沙ちゃんを育てることは、無理です。できません」

「でも、そうするしかないんです。前もお話ししたとおり私はシングルマザーです。梨沙の父親は、認知《にんち》をすることさえ拒絶しています。両親からは私が未婚で子供を産んだことで勘当《かんどう》する、と言い渡されています」

奈緒子は悲痛な声で言い返した。

「ですが無理です。このままでは、梨沙ちゃんの命に危険が及びます」

命の危険、と聞いて背筋がぞくりと冷えた。

「そんな！　私は梨沙の育児放棄をすることなんて、決してありません！　シングルマザーだからって、そんな偏見《へんけん》……」

頬が熱くなった。悔《くや》し涙で視界がぼやけた。

「そんなことは一言も言っていません！　落ち着いて人の話を聞いてください！」

律子が驚くほど大きな声を出した。

「あなたが倒れれば、梨沙ちゃんはひとりで助けを呼ぶことはできません。あなたが健康でなければ、梨沙ちゃんはたった一日でさえ生き延びることはできないんです。あなたは梨沙ちゃんのために身体を休めなくてはいけません。そのために使えるものはすべて使うべきです。決して強情《ごうじょう》を張らずに、大騒ぎしてみんなに謝って泣きついて、それこそ、立っているものは親でも使うんです！」

律子が鋭く言い切った。

「梨沙のために身体を休める、ですか……」

梨沙のためなら、眠る時間なんて惜しくないと思っていた。ほっと一休みの時間なんて、もう一生手に入らなくてもいいと思っていた。

ひとりで子供を産むということは、そういうことだと信じていた。

「周囲に迷惑をかけたら、どうして産んだんだ、って思われます。自分ひとりで責任を持って育てることができないのに、どうして産んだんだって……」

奈緒子は額に手を当てた。

「どうして産んだんですか？」

律子がまっすぐに訊いた。

目と目が合った。あまりにも鋭い視線で火花がばちりと散るような気がした。

誰かとこんなに真正面から顔を合わせて見つめ合ったことは、これまでに一度もなかっ

た と思った。

どうして産んだの？

これまで頭の中で幾度も問いかけた質問だった。

予期しない妊娠に気付いてから、正直なところ何度も妊娠中絶手術が頭を過った。

トモヤが去ってからは、このまま電車に飛び込んでお腹の子と一緒に死んでしまいたいと思ったことさえあった。

でもそのたびに耳元で、「絶対に駄目だ」という叫びに近い声を聞いた。

誰が何と言おうと、この子を死なせてはいけない。この子の命を守ってあげなくてはいけないと思った。

「……会いたかったからです。梨沙に会いたかったからです。これから先の人生を、梨沙と一緒に生きたかったからです」

奈緒子はごくんと喉を鳴らした。

「なら、その理由を常に忘れないようにしてください。紙に書いて壁に貼っておくといいかもしれませんね。どうでもいいところで無理をしては、本末転倒です」

律子がふっと息を吐いた。

「それでは今日は、これで終わります。さおりさんが、何か用意してくれているようですよ」

律子は洗面器を抱えて立ち上がった。

「あっ、終わりました？　長谷川さん、ちょっとここで待っていてくださいね。先生、洗面器お預かりしますよ。私がやります。洗い方にコツがあるんです」

隣の部屋からさおりが飛び込んできた。

「あっ、梨沙……」

さおりの背中のおんぶ紐に、梨沙がくくり付けられていた。

「勝手にすみません、梨沙ちゃんおんぶ、楽しいみたいだったんで。私もちょっと用事があったので、このポジションのほうが楽で……」

さおりが背後の梨沙を振り返って、にやっと笑った。

梨沙はご機嫌な様子で、にこにこ笑って天井の切り絵を見上げている。

色褪《いろあ》せてはいるが清潔で着心地のよさそうな、見慣れない服を着ている。きっとかつてここへ来た誰かが寄付した、お下がりの服なのだろう。

「ここで待っていてくださいね、絶対ですよ」

さおりは念を押すと、律子を追いかけて廊下へ出た。

さおりの背中で、梨沙が「うー」と興奮した声を上げた。

「待っててくださいね、って。梨沙がおんぶ紐の中なんだから、ひとりで帰れるはず……」

言いながら、くすっと笑みが漏れた。

「わっ、梨沙ちゃんごめんなさい。ママのお顔を見ちゃったら、さすがに泣いちゃいますよね」

廊下の向こうから、さおりの慌てた様子の声が聞こえた。

10

「さあ、どうぞ。ご飯とお味噌汁は、いくらでもあります。ぜひおかわりしちゃってくださいね」

折り畳み式の古びた卓袱台《ちゃぶだい》の上に、お盆に載った朝食が並んだ。

鯵《あじ》の干物に、卵焼きが二切、ミニサラダに、しらすのかかったほうれん草のお浸《ひた》し。お茶碗のご飯は一粒一粒がつやつやと輝いていて、味噌汁の中にはわかめと豆腐がたくさん潜んでいた。

「すごい、旅館みたいです……」

奈緒子は卓袱台の上とさおりの顔を交互に見た。

「でしょ？『旅館の朝ごはん完全再現』っていうレシピのとおりに作ったんです」

さおりは膝の上の梨沙に哺乳瓶で粉ミルクをあげながら、屈託なく笑った。

一口食べると胃の中がふわっと温かくなった。

身体の隅々まで熱い血が巡る気がする。

頰に小さな笑みが浮かぶ。鼻歌でも歌い出したくなる。

ああ、私は今、何ヶ月ぶりかにとってもご機嫌だ、と心の中で呟いた。

「美味しいです。ありがとうございます。こんなに美味しいごはん、久しぶり」

「やった！　レシピサイトを見て試行錯誤をした甲斐があります。ここに来た三年前は私、お米の研《と》ぎ方も知らなかったんですよ」

さおりがにっと歯を見せて笑った。

「さおりさんは、看護師さんですか？」

十代の少女のように可愛らしい顔立ちをしているが、おそらく地声よりも低く心がけている落ち着いた声にそつのない喋り方、どんなときもまっすぐに伸びた背筋。

《みどり助産院》での家事や雑用を請け負い、〝おっぱい先生〟のサポートの仕事をしているようだったが、社会に出てすぐの下働きの女の子には見えない。

自分の目標を見据えて仕事に励んでいる大人の顔だ。

「いえ、まだ看護学生です！　嬉しいな。看護師、って初めて間違えられました」

さおりは照れ臭そうに身体を揺らした。

「……それで、あの、長谷川さんって弁護士さんですよね？　問診表には会社員って書いていらしたから違うかなあと思ったんですが。でも考えてみたら、弁護士さんだって、会社で働いていたら会社員ですよね」

さおりがちらりと廊下に視線を向けた。

他の医療機関と同じように、ここでも本当は患者のプライベートを訊いてはいけないことになっているのだろう。

「ええ、そうですよ。どこかでお会いしましたか？」

目の前の美女と自分の殺伐《さつばつ》とした仕事との接点はいったいどこにあっただろう、と頭を巡らせながら、奈緒子は快く答えた。

「あの、私、実は、小学生の頃、長谷川さんにお会いしてるんです」

「えっ？　それって何年前ですか？」

奈緒子は目を丸くした。

「十六年くらい前です。私は小学校低学年で、長谷川さんは司法修習生《しゅうしゅうせい》でした。清徳《せいとく》の新聞部の取材で、〝先輩訪問〟に……」

「覚えてます！　沢野《さわの》先生に引率《いんそつ》されて三人組で、埼玉の司法研修所までわざわざ来てくれた子たちですね！　ごめんなさい、昔のことすぎてお顔は覚えていないけれど、存在は記憶にちゃんと……」

奈緒子は大きく頷いた。

幼稚園から大学まで通った清徳学園の後輩とわかって、急にさおりとの距離がぐっと縮まった気がした。

「長谷川さん、すごくかっこよかったです。夢を持っている人ってやっぱり素敵だなあって。ほんの少しの時間お会いしただけで、いっぱい力をいただけた気がしました」

さおりが力強い声で言った。

「さおりさんは、その頃から看護師を目指していたんですか？」

奈緒子は少し頬が熱くなるのを感じながら訊いた。

「いえ、その頃からずっと、私は、バレリーナになりたかったんです。高校からは音楽コースの舞踊専攻に入ったので、短期留学を繰り返しながらバレエ三昧《ざんまい》です。普通の高校生の勉強はほとんどしていなかったので、看護学校に入ってからかなり苦労しました」

さおりが肩を竦めた。

浮世離れした経歴だったが、お金持ちの子女《しじょ》が集まっていた清徳学園なら驚かない。清徳学園には高校から女子専門の音楽コース、という音大志望やバレエ留学を目指すコースがあった。たとえ夢が叶わなくとも、系列の女子大に進学できることになっていた。

「なるほど、バレエをやっていらしたから姿勢が綺麗なんですね。さおりさんなら、見栄えしたでしょう。手足が長くて顔が小さくて……」

「やめてください、あの頃は私の暗黒時代です」

さおりが顔を真っ赤にして俯いた。

「私、あの頃はずっと闘っていました。周りは私よりも技術があって、スタイルにも恵まれていて、有名な先生の個人レッスンをいくらでも受けることができる桁外れのお金持ちの人だらけでした。さらに辛いのは、生まれ持っての才能のある人の存在です。そんな人はただそこに現れただけで、何が起きても、私はこの人には一生勝つことができない、ってわかるんです」

李の姿が脳裏に浮かんだ。

三ヶ国語を自在に操り、母国語ではない日本語であっさりと東大に合格してしまう。さらに在学中に司法試験に合格し、就職先は引く手あまたの中から揺るぎない目標を携《たずさ》えて奈緒子と同じ会社に入社した。

奥さんと三人の子供に恵まれた幸せな家庭を持ち、日本の経済を、世界の経済を動かすような大きな仕事を、精力的にこなす李。

「バレエをやっていたとき、私はずっと自分に苛立っていました。どうしてもっと頑張れないんだろうって。もっと練習をしてもっと食事制限をして身体を絞って、もっともっと評価されるバレリーナになれないんだったら、私なんて生きている価値がないって……。結局、壊れました」

さおりが眉間に皺を寄せた。

「あのとき〝おっぱい先生〟に出会わなかったら。新しい道を進むと決めなかったら。私は心も身体も取り返しがつかないことになっていました。先生は私の命の恩人です」

さおりの目が遠くを見た。

「……さおりさんのお気持ち、たぶんとってもわかります」

奈緒子は静かに答えた。

「今はとても幸せです。私には、お母さんと赤ちゃんのお手伝いをするこの仕事が合っています」

さおりが気を取り直したように、明るい声で言った。

「そう思います。私、さおりさんにとても救われました」

　奈緒子は、あっという間にぺろりと平らげてしまった朝食の器に目を向けた。

「《みどり助産院》にいらっしゃるお母さんと赤ちゃんとは、授乳、というほんの一年ほどの期間だけのお付き合いです。二度と会うことのない方もたくさんいらっしゃいます。だから私は、ここにいる時間だけは赤ちゃんを精一杯可愛がって、お母さんにほっと楽になっていただきたいんです」

　さおりが腕の中の梨沙を愛おしそうに見つめた。

「赤ちゃんといると、今、この瞬間が大事だってわかります。この瞬間に、心を込めて精一杯可愛がってあげることが、何よりも大事なんだってわかります。あ、梨沙ちゃん、ママのところに行きたくなっちゃいましたね。はいはい、どうぞ、今すぐですよ」

　さおりが卓袱台を回り込んで、梨沙を奈緒子の腕に戻した。

「ママ、ママ」

　梨沙が奈緒子のブラウスにしがみついた。

　梨沙の背中を撫でて、頭に頰を寄せる。胸が疼くような甘い匂いを感じた。

「そうだ、忘れていました。紺野さんって方から、伝言を預かっていたんです。『紺野小春はとても元気です』って」

　駅ビルのトイレで〝おっぱい先生〟の存在を教えてくれた、小春の顔が浮かんだ。

前のめりになって必死で話していた、小柄で気弱そうな女性だった。

スーツ姿で紙オムツをゴミ箱に捨て、パウダールームで鎮痛剤を飲んでいた奈緒子の姿に、何かはっと勘付いて声をかけてくれた。

仕事中の私は、ぴりぴりと緊張した顔をしていたに違いない。おっぱいの痛みも相まって仕草も猛々《たけだけ》しくて、相当話しかけづらかったはずだ。

小春の勇気がなければ、今、私はどうなっていたかわからない。

「わあ紺野さん、お元気なんですね。よかった！　なんだ、お二人はお知り合いだったんですね」

さおりが懐かしそうに笑った。

「ええ、彼女は命の恩人です」

奈緒子は心の底からそう言った。

11

「そうでしたか、大事に至らなくてよかったです。早朝のメールを確認してから、気になっていました。昼にはこちらから連絡をしてみようと思っていたところです」

電話の向こうで、李が一言一言を明瞭《めいりょう》に発した。

「急にご迷惑をおかけしてすみません。もう熱は下がりましたので、明日にはいつもどおり出社できます」

梨沙を膝に乗せて、窓の向こうの東京の風景を眺めた。

視界に広がる高層ビルの数々で、今もたくさんの人たちが脇目も振らずに働いている。みんなどれほど大きな夢を、どれほど大きな目標を持って進んでいるのだろう。

私が会社を病欠し、昼間の部屋で梨沙とこうして過ごしていることは、きっと悪いことなのだろう。間違っていることなのだろう。

「お子さんは生後七ヶ月と聞きました。疲れが溜まる頃ですね。業務の遂行は大切ですが健康第一、ですよ」

李があまり多く感情の動きを窺わせない口調で、淡々と言った。

李の言葉の奥に込められた心遣いに、今なら気付く。

「実は、今後のことでご相談があります。なるべく早くに、お時間を取っていただけますか」

電話の向こうで李が一瞬黙った。

「わかりました。明日お会いしたときに、話をお聞きしましょう」

奈緒子は小さく息を吐いた。

「はい、ぜひ。よろしくお願いいたします」

もう決めたことだった。

でも自分で想像していたより、ずっと声が掠れた。

「長谷川さん、実際に相談の内容を聞くまではわかりませんが――」

挨拶を終えて電話を切りかけたときに、李が付け加えた。

「我々は、あなたの決断を尊重します。そしてあなたの未来を応援します」

しばらく黙った。

「……ありがとうございます」

子供を産んでも、皆と同じように働くことが誇りだった。周囲に何の〝配慮〟も強いることなく、ひとりですべて背負って、以前のままの目標へと進み続けたかった。

退職を決めた〝アソシエイト〟には、もうその日から居場所はない。

慣れない転職活動に奔走《ほんそう》する日々が始まる。

でもきっといい仕事が見つかるだろう。梨沙と私が二人で心穏やかに生きていくための、新しい世界の広がる仕事が――。

「梨沙、静かにしていてくれてありがとう。ママ、お電話終わったよ」

「ママ、ママ」

梨沙の顔を覗き込むと、梨沙が奈緒子の頰を両手でぺちんと挟むように叩いた。

「なあに？　ママ、ここにいるよ。なんだかこうしてるの久しぶりね」

梨沙の頰に鼻をちょいと押し当てる。

梨沙はくすぐったそうに、きゃっきゃと笑った。

ふいにインターホンが鳴った。

誰だろう？

トモヤの顔が頭を過る。

まさか、と心に言い聞かせながらモニターを見ると、宅配業者の姿があった。

全身の力が抜けるくらいほっとする。

「ハセガワナオコさま宛に、冷蔵便のお届け物です。横浜市中区のハセガワさまからです」

届いた小包の差出人には、〝長谷川麻衣〟の名前があった。

少々嫌な予感がしながら、箱を開ける。

「あっ、ジャムだ。梨沙、巨峰のジャムだって」

濃い紫色のジャムが詰まった、ずしりと重いガラス瓶だ。

中に一筆箋《いっぴっせん》の手紙が入っていた。

《奈緒子さま　体調、いかがですか？　実家から届いた巨峰でジャムを作りました。日持ちは冷蔵庫で一週間ほどです。砂糖をかなり少なめにしたので、梨沙ちゃんの離乳食《りにゅうしょく》にも使えます。何かお手伝いできることがありましたら、いつでも連絡ください。　麻衣より》

「うーん、手作りジャムか……」

うむむ、と唸ったら、梨沙が嬉しそうに手足をばたばたさせた。

きっと奈緒子がこれから先の人生で、手作りジャムを作ることは、ましてやそれを誰かに冷蔵便で送ろうとすることは決してないだろう。

ジャムの瓶をじっと眺めた。

空き瓶を再利用しているわけではもちろんない。わざわざ手作りお菓子の材料の専門店に行って、大きなジャムの瓶を買ってきたに違いなかった。

日付の記入されたラベルに、ご丁寧にも紫のペンでブドウの絵が描いてある。

このプレゼントに、麻衣はどれほどの手間をかけたのだろう。

「梨沙、この電話は、別に静かにしていなくていいからね。いつでもママのこと呼んでいいからね。泣いちゃってもいいからね」

　梨沙に声をかけて、スマホを手に取った。

　伝票の差出人欄にあった、横浜〇四五から始まる、光則の自宅固定電話の番号を呼び出す。

「はい、もしもし、長谷川でございます」

　明るい声が電話に出た。

「麻衣さんですか？　奈緒子です。光則の姉の、長谷川奈緒子です」

「あっ」

　電話の向こうが息を呑んだ。

「巨峰のジャム、届きました。ありがとうございます」

　梨沙が「うー」と声を上げて、奈緒子の髪に触れた。

「勝手なことをしてごめんなさい。光則さんには、迷惑になるからって止められていたのですが。せっかくなので、奈緒子さんにも、梨沙ちゃんにも食べて欲しくて……」

　顔もはっきりとは覚えていない義妹の麻衣の姿が、ブドウの薄紫色の靄《もや》の中に浮かび上がった。

「ねえ奈緒子さん、私、本当に毎日、暇なんです。いつも何もやることがなくて、小さい赤ちゃんと一緒にちょっとでも過ごせたらどれだけ楽しいんだろうなあ、なんて自分勝手に思っているだけなんです。だから何でもいいんで、私にできることがあれば……」

麻衣の声が上ずっていた。奈緒子に気を遣わせないようにと、必死で言葉を探してくれている。

今ならわかる。〝お節介な人〟なんてどこにもいない。

自分の時間を持て余しすぎて、暇つぶしに誰かに優しい声をかける人なんて、どこにもいない。

卵の殻《から》をこつこつとノックするような優しい言葉には、必ず相手の深い気配りと愛情が籠っている。

「ママ、ママ」

梨沙が呼ぶ。何度もテレビの画面に顔を向けて、もう一度「ママ！」と少し強い声で言った。

「はいはい、なあに。えっ？　テレビ？　それはちょっと待ってね。今、お話ししているからね。あっ、麻衣さん、すみません」

奈緒子は梨沙を抱き上げた。

大きなライオンのお母さんになったような気持ちで、梨沙の身体中にごりごりと頬ずりをした。

「今度、梨沙を連れて、そちらに遊びに行ってもいいですか」

胸を張って、まっすぐ前を向いた。

目の前に広がる東京の灰色の街並みに、ゆっくり光が差してくる気がした。

第四話

おっぱいの終わり

1

二間続きのこの部屋には、いつも微かに甘い匂いが漂っている。

田丸さおりは、奥の部屋の庭に面した窓を、少しだけ開けた。

草の匂いを含むひんやりとした風が、鼻の奥をくすぐる。新鮮な空気をすっと吸い込んでから、生成り色のロールカーテンを下ろした。

《みどり助産院》では、天気のよい日はエアコンを最適温度にした上で、窓を少しだけ開けて外気を取り込むと決まっていた。

エアコンの風だけではどうしても空気が冷えすぎたり、逆に暖房の風が熱すぎたり乾燥したりする。ほんのわずかにでも〝ほんとうの〟風があることで、この部屋の心地よさはずいぶん変わる。

真夏や真冬は少々電気代が心配になるが、これは律子先生の方針だ。

さおりは部屋の中を見回した。

赤ちゃんのためのパステルカラーの小物で彩られた、十畳と八畳の南向きの和室。まるで誰かの自宅のように長閑な雰囲気ではあるが、どこもかしこもアルコールで拭いて几《き》帳面《ちょうめん》に消毒をしてある。

そのはずなのに、ここでは常に柔らかい甘い匂いがする。甘い匂いの奥に、干した布団に顔を埋《うず》めたときのような、懐かしいお日さまの匂いも感じる。

これがきっと赤ちゃんの匂いだ。おっぱいの匂いだ。

外で、きい、と門の鳴る音が聞こえた。

慌てて玄関先へ飛び出した。

「おはようございます！　わあ、芳雄《よしお》くん、大きくなりましたね！」

玄関の磨りガラスの引き戸が開き、わっと光が差す。光の中には一組の親子の姿があった。

「きゃあ！　さおりさん、お久しぶりです！　やっぱりここに来るとほっとするなあ。おばあちゃんの家、って感じです」

よちよち歩きの芳雄くんの手を引いて現れたのは、角井恵《かどいめぐみ》さんというお母さんだ。

骨が太く、ぽっちゃりと柔らかそうな肉付きの大柄《おおがら》な人だ。声が大きく笑顔も大きい。

もうすぐ一歳になる芳雄くんの上に、小学生と幼稚園児の二人の男の子がいる。

旦那さんは新聞記者で、福岡支局に単身赴任《たんしんふにん》中だ。角井さんがひとりで、赤ちゃんを含む三人の男の子のお世話をしている。

先週の予約の電話の内容によれば、角井さんは年明けからフルタイムで貿易《ぼうえき》事務の仕事に復帰予定、とのことだった。

芳雄くんがよろよろと揺れながら、まっすぐこちらを見つめて歩いてくる。

顔は真剣だ。一歩一歩を踏みしめるようにして、ゆっくり近づいてくる。

「すごい！　もう、こんなに歩けるようになったんですね！」

芳雄くんが上がり框に手をついた瞬間に、精一杯拍手をした。

「やだ、芳雄、照れてます。この子、可愛いお姉さんが大好きなんです」

角井さんが、わはは、と笑った。

芳雄くんはちらりとさおりを見上げると、真っ赤な頬っぺたをしてにこっと笑った。

「今日は断乳《だんにゅう》のご相談ですね」

律子先生がカルテに目を走らせた。

「はい、上の子たちには二歳近くまで、好きなだけおっぱいをあげていたので、一歳前に断乳は、少し早いとは思うのですが……」

角井さんの横で、芳雄くんが赤ちゃん用の木製のブロックで遊んでいた。

きちんとお座りをして、色とりどりの大きなブロックを手に取ってはしげしげと眺める。

角井さんが「おっぱい」という単語を発したら、名前を呼ばれたように、はっとママの顔を見上げた。

「以前、乳腺の詰まりでいらしたときは、母乳のみで育てていらっしゃいましたね。今は、離乳食は進んでいますか？」

「はい、この子、ご飯が大好きでもりもり食べます。ただ、三食ちゃんと食べているのにまだ、一日に何回もおっぱいを飲んでいます。特に夜は、おっぱいがなかったら絶対に寝てくれません」

角井さんが大きな声で答えた。

「何かこのタイミングで、断乳をしなくてはいけない理由がありますか？　この日までに、という期限があったら教えてください」

律子先生は淡々と訊く。

「年明けに、職場復帰することになってしまいました。本当は年度替わりまで育休を取るつもりだったのですが、職場の状況が変わって、そうもいかなくなってしまって……」

角井さんは大袈裟《おおげさ》に、ああ、と嘆《なげ》いて頭を抱えた。

楽しげな仕草に思わず釣られて微笑みそうになるが、本当は大変なことだ。

底抜けに明るくて生きるパワーが漲っているように見える角井さんでさえ、働きながら三人の子の育児と家事のすべてを担うなんて、考えただけで泣きたくなるはずだ。

私がやるしかない。だって私はお母さんだから。

そんな言葉を胸に、尋常《じんじょう》ではない激務に突き進むお母さんたちを、さおりはこれまでたくさん見てきた。

「では、あまり時間がありませんね。すぐに始めましょう」

律子先生が壁にかかったカレンダーに目を向けた。

十二月に入って最初の月曜日だ。秋の気配が残っているのか、まだそれほど寒さは感じない。だが、これからの一ヶ月で急に気温が下がるだろう。

冬は、真夏に比べて赤ちゃんの脱水《だっすい》の可能性も少なく、お母さんも厚着になる。

断乳には悪いタイミングではない。

「まずは、芳雄くんにカレンダーを見せて、この日でおっぱいが終わりだ、ということを伝えてください。断乳の開始日は、週末土曜日にしましょう。断乳三日目から、またこちらにいらしてください」

「芳雄、カレンダーなんて見せてわかるでしょうか？　この子、まだ数字も読めないのに」

「わかります。何度も言い聞かせてください」

律子先生がきっぱりと答えた。

「断乳の日は、きちんと芳雄くんにおっぱいとお別れをさせてあげてください。お別れが済んだら、二度とおっぱいをあげてはいけません」

「芳雄の人生、初めての試練の時、ですね。荒れそうです……」

角井さんが神妙な顔で頷いた。

「断乳をすると、角井さんのおっぱいも母乳が溜まって辛くなると思います。どうしても痛くなったら、両胸合わせてほんの二、三分だけ搾って、圧抜《あつぬ》きをしてください。くれぐれも、すっきりするまでたくさんの量を搾らないでくださいね」

「私のほうも試練の時、ですね。おっぱい、かなり痛くなりそうですね。芳雄のこと抱っこできるかなあ……」

「さらに、これまでおっぱいが大好きだった子の場合は、断乳から数日間は、お風呂はお母さんではない人と入ってください。裸になっておっぱいの存在を思い出させては、かわいそうです。角井さん自身も、おっぱいが痛んで日常生活に支障が出る可能性がとても高いので、必ず周囲に協力を頼んでください」

ふと、門がきい、と鳴る音が聞こえた気がした。

さおりは怪訝《けげん》な気持ちで耳をそばだてた。

次の予約の人が来るまで、まだ時間がある。

「あ、ちょっとすみません」

小声で言って、玄関先に向かった。

磨りガラスの引き戸の向こうに、人影はない。

でも、確かに聞こえた。

育児の悩みを抱えたお母さんが助けを求めてやってきて、入るのを躊躇《ためら》っているのかもしれない。

サンダルを引っ掛けて、引き戸を開けた。

「……手紙？」

封筒が足元に落ちた。戸口に挟まっていたのだ。

白い封筒に《みどり助産院さま》と、書かれている。

女性らしい丁寧なボールペンの字だ。封筒の口に封はされていない。

何だろう、と首を傾げながら中を開いて、目を剝《む》いた。

《子供の泣き声がうるさいです。早急に対処をお願い致します》

背筋がぞくりと震えた。

「嘘……」

真っ白な紙の真ん中に、大きな字で書かれている。

「それでは、今日はありがとうございます。また断乳の三日目に伺いますね。ほら芳雄、〝おっぱい先生〟にばいばい、して」

角井さんの大きな声が、和室から響いた。

さおりは慌てて、手紙をエプロンのポケットに押し込んだ。

2

教科書の文字がちっとも頭に入ってこない。ホワイトボードの前で話す講師の言葉も、耳を素通りしてしまう。

さおりは、シャープペンシルを置いて額に掌を当てた。

看護学校の夜間コースに通い始めて三年目の冬だ。年が明けて二月には国家試験が行われる大事な時だというのに。

頭の中では、昼間に目にした手紙の文面がぐるぐると渦巻いていた。

「先生、こんな手紙が玄関のところに……」

角井さんと芳雄くんが帰ってから、恐る恐る手紙を開いて差し出した。

律子先生はちらりと一瞥《いちべつ》して、小さく頷いた。顔色はまったく変わらない。

「患者さんがいらしているときは、部屋の窓を開けるのをやめましょう。私の配慮不足でした」

律子先生は大事にしていたはずのこだわりを、あっさり捨てた。

「この手紙、ご近所さんですよね？　左右のお隣さんか、それとも後ろのお宅か……」

《みどり助産院》は、三階建ての真新しい建売住宅に周りを囲まれている。

建売住宅ができたのはこの二年ほどの間だ。次々と引っ越してきたご近所さんたちは、誰も挨拶にやってこなかった。共働きの家庭が多いようで、ご近所さんと顔を合わせる機会もほとんどない。

東京生まれ東京育ちのさおりは、都会のドライすぎる距離感は十分にわかっていた。たとえ建売の分譲住宅だとしても、終《つい》の棲家《すみか》とは限らない。このあたりには、濃厚な近所づきあいを求めている人はまずいない。

「差出人を想像するのは時間の無駄です。こちらがしっかり〝対応〟をすればよいことです」

いつだって、律子先生は冷静沈着だ。我が道をまっすぐに突き進み、周囲の感情に流されて動揺することはない。

初めて出会ったときから、律子先生はあんな不思議な人だった。

さおりは真っ白いノートにぼんやりと目を向けた。


世田谷通り沿いの業務用スーパーだった。さおりの実家のある田園調布《でんえんちょうふ》から、延々と二十分以上自転車を飛ばして向かった。

近所のコンビニ、スーパーでは、人の目が気になった。毎回、菓子パンばかり十個以上買い込んだら、どのお店でも必ず変な目で見られる気がした。

いくら食べてもお腹が減り続けていた。口の中をいっぱいに満たし、喉を通り過ぎるときにざらりと手ごたえのある食べ物を求めていた。

なるべく賞味期限の長い、保存料がたっぷり使われた安いパンを選んだ。

パンを口元に持っていくと、人工的な甘い香りが押し寄せた。

食欲はちっとも刺激されない。心はまったく躍らない。でもほっとした。これだけ買い込めば、さすがの私でもあっという間に食べ切ってしまうことはないだろう。そう考えると、今日一日の安全が保障されたような気がした。

膨らんだビニール袋を自転車の前かごに載せて、まさに出発しようとしたそのとき、小さな悲鳴を聞いた。

「わーん、ママ！」

振り返ると、歩道で五歳くらいの男の子が転んでいた。

よほど勢いをつけて転んだのか。地べたに身体をべたんとつけたまま、声を上げて泣いている。よく見ると、靴が片方脱げていた。

「ちょっと、起きなさい。早く！　自分で起きなさい！　車が来ちゃうでしょ！」

焦《あせ》った口調のお母さんの胸には、抱っこ紐の中に赤ちゃんがいた。片手で二歳くらいの足取りのおぼつかない女の子の手を握り、もう片方の手には巨大なスーパーの袋。

倒れた男の子のすぐ脇を、大型トラックが地響きを立てて走り抜ける。

お母さんの顔が険しく歪んだ。

「大丈夫ですか？」

考える前に身体が動いていた。

男の子を抱き起こす。ぐにゃりとした身体をまっすぐに立たせた。ポケットからハンカチを出して涙だらけの顔を拭いた。

男の子の膝小僧が白くなっていたが、血は滲んでいない。小さな掌をぽんぽんと払って、くっついた砂利《じゃり》を取り除いた。

「すみません……」

お母さんの泣き出しそうな声が聞こえた。

「くつ、くつがないの！」

男の子の泣き声に、はっと気付く。

「ちょっと、ここで待っていてくださいね。絶対に動いちゃだめですよ。お母さんの近くにいてくださいね」

鋭い声で言い聞かせた。

男の子は目を丸くして、きょとんとしている。

植え込みの中を見回すと、飛んでいった片方の靴はすぐに見つかった。さおりの顔のすぐ横を、車がびゅんと駆け抜けた。

「はい、どうぞ。私の膝の上に乗ってください」

しゃがみ込んで、男の子を膝の上に乗せた。バランスを崩しそうになったところを、ぐっと腹筋《ふっきん》に力を入れる。身体を折り曲げた変な姿勢で、どうにかこうにか靴を履かせた。

「ありがとうございます。助かりました」

お母さんに何度も頭を下げられて、久しぶりに誰かとちゃんと喋った気がした。

体調を崩して留学先から戻ってきてから、そろそろ三ヶ月が過ぎていた。

部屋に籠って、ただなんとなくスマホをいじりながら一日が過ぎていった。

あれほどまでに熱中したはずのバレエの練習をする気力は、まったく湧かなかった。今まで自分の人生のすべてだった夢や希望が、面白いくらいにあっさり消えてしまって、生きることさえ面倒臭かった。

食べている間だけ、何も考えずに済んだ。

情けない過去も不安な未来もすべて消えて、ただ今この現実を生きているとわかるのは、とんでもない勢いで食べ物を口の中に捻《ね》じ込んでいるときだけだった。

そうやって食べたものはすべてトイレで吐いていた。

物心ついた頃から厳重な体重管理の下で、誰の目から見ても美しいプロポーションを保ち続けていた身体は、今では筋肉まで痩せて骨と皮ばかりになっていた。

もしかしたら今日は、食べなくても大丈夫かもしれない。吐かなくても平気かもしれない。

遠ざかる親子の背中を見ながら、さおりは心の中で呟いた。

ふと視線を感じたように、男の子が振り返る。にやっと笑って手を振った。

さおりも手を振り返す。胸がじんわりと温かくなった。

「ねえ、あなた」

鋭い声に顔を上げた。

白髪のショートカットの女性——律子先生が、息を切らして立っていた。

黒いTシャツにブラックジーンズ姿の、痩せぎすで背の高い女性だ。

切れ長の鋭い目で、こちらをまっすぐに見つめる。

手には車の鍵を握っていた。

「今、そこであなたのことを見ました」

律子先生が、車の行き交う世田谷通りを指さした。反対側の車線にハザードランプを点《つ》けた白い車が停まっていた。

「えっ？　何か……？」

状況が摑めなくて、目を瞠《みは》った。

渋谷あたりを歩いていると、通りすがりに車の中からいきなり声をかけてくる不審な男の人に何度か遭遇したことはあった。

女の人でも油断はできない。最初は物腰柔らかく道に迷って困っている、などと声をかけてきて、こちらが親切に対応しているうちに、頃合いを見計らったように怪しい集会に勧誘《かんゆう》してくる。

しかし目の前の女性に、不思議と警戒心は感じなかった。

まっすぐな人だった。

背筋が伸びて動きが機敏で、何よりも瞳に揺れがなかった。

自分の言葉を伝えるパワーだけではない。同じだけの熱量で、相手の話を聞いてくれる人の目だ、と思った。

「身体を使う仕事をされていましたか？」

いきなり訊かれて面喰らった。

「……ええ、はい、たぶんそう言ってもいいかと思います。仕事というほど、ちゃんと自立はできていませんでしたが」

さおりのバレリーナとしての最後の肩書は、イギリスの有名バレエ団の研究生だ。

雀の涙ほどのお給料をもらってはいたが、実家からの仕送りの額はその何倍にもなった。

「もしよかったら、うちで働きませんか。上町で、助産院を始めるんです」

律子先生はきびきびとした動きで、肩からかけたバッグからシンプルな黒革の手帳を取り出した。電話番号を走り書きして、ページを破いて差し出した。

「助産院？　無理です、私、資格も何もないし、赤ちゃんと接したこともありません」

胸の前にメモを突き出されて、とりあえず受け取ってしまったものの、大きく首を横に振った。

「私が探しているのは、助産師の補佐業務を請け負ってくれる人です。資格は必要ありません。身体能力が高く、思いやりのある女性を探しています」

律子先生がさおりの顔を真正面から見た。

「思いやりだなんて……。きっと同じ場面にいたら、みんなあの子を助けます」

先ほどの男の子を助け起こしたところを、見てくれていた人がいる。

頰が熱くなった。

「いいえ、私は助けませんでした。車を停めて道を渡ってまでわざわざ助けに行かなくても、きっと誰か別の人が助けてくれるだろう、と思いました」

律子先生はほんの一瞬だけ目を伏せた。

「私は、あなたの現在の状況を何も知りません。ですから、見当違いなお声かけでしたら大変申し訳ありません。万が一関心を持っていただけたら、ご連絡ください」

律子先生はそれだけ言うとくるりと踵を返し、一目散に世田谷通りの向こう側へ戻っていった。

「ご連絡ください、って、そんな……」

さおりは掌の中のメモに視線を落とした。

女の人じゃないみたいに尖った字だな、と思ったら、ふっと笑みが漏れた。

3

「えっ、この部屋……」

一歩足を踏み入れた途端、帰りたくなった。

〝洋館〟という言葉を思わせる、赤い屋根のとても古い家。庭に面した二間続きの和室だ。

部屋の中は埃に覆われて真っ白だ。まるで火山灰《かざんばい》が降り注いだかのような光景だ。

おそらく何年もまったく掃除をしていない状態なのだろう。天井には大きな蜘蛛《くも》の巣が張っていた。

「この部屋を診察室にします。広いほうの十畳は待合室にして、奥の八畳で相談の聞き取りや、施術《せじゅつ》を行います」

律子先生はさおりの動揺にちっとも気付いていない顔で説明した。

律子先生の顔のすぐ横を、天井から小さな蜘蛛が逆さまにゆっくり下りてくる。

「本当に、助産院をゼロから始めるんですね。びっくりしました」

さおりは蜘蛛の動きに身を固くしながら、肩を竦めた。

「この家は、私の叔母《おば》が遺《のこ》したものです。人に貸すにも古すぎる家なのでこれまで空き家になっていました。来月からは私がここで暮らしながら、助産院を始めます」

「今まで、別のところで開業をされていたんですか？」

「いいえ、開業をするのはここが初めてです。以前はずっと遠いところで働いていました」

律子先生は唇を結んでしばらく黙った。

荒れ果てた家のカーテンもない窓から、陽の光だけが明るく降り注ぐ。細かい埃が水の中をただようようにふわふわと浮かんでいた。

「私ひとりでは、《みどり助産院》を作ることはできません。手伝っていただけますか？」

律子先生が身体を向けて、さおりを見据えた。

それから二人で、幾日もかけて朝から晩まで掃除をした。

掃除機で埃を吸い取り、雑巾《ぞうきん》がけをして、といった普通のお掃除はもちろんのこと、業者にひびの入った窓ガラスを入れ替えて、雨漏りを直してもらい、広い庭の草むしりをした。

《みどり助産院》という名にちなんで、庭に緑色の植物ばかりをたくさん植えたのは、さおりのアイディアだ。ところどころ黒く変色したコンクリートの壁を隠すために、成長の早い蔦を育てた。

律子先生は、掃除や洗濯はもちろん、ちょっとした食事を作ることや後片付けに至るまで、家事と呼ばれる仕事全般がまったくできなかった。

手を止めて考え込んだまま、いつまでも動くことができない。

「あ、それは私がやります。律子先生は、絵本棚の組み立てをお願いいたします」

律子先生には、家族の中ではお父さんに頼むようなちょっとした力仕事を任せた。そんな仕事ならば、律子先生は驚くほど丁寧に素早く仕上げることができる。

不思議な人だな、と思った。

これまでのさおりの人生で、年上の女性というのは常に優しい「お母さん」のイメージだった。夫を支え子供を守り、自分を捨てて家族のために生きる存在だとばかり思っていた。

まるでさおり自身の母のように――。

律子先生に家族はいない。両親の話や出身地も聞いたことがない。年に数回のひとり旅以外は、二十四時間いつでも急患に対応している。今現在は、まったくのひとり身のようだった。

さおりが何より驚いたのは、《みどり助産院》を開業してすぐから、患者さんがひっきりなしに訪れたことだった。

ホームページもなければ、電話帳にさえ載せていない。それなのに口コミが口コミを呼んで、《みどり助産院》に人が途切れることはなかった。

素っ気《そけ》なくさえ見える律子先生の受け答えに、お母さんたちはみんな何かに気付いて、大きなものを手にして帰っていく。

律子先生におっぱいマッサージをしてもらうことで、追い詰められた辛い状況を乗り越える力をもらっている。

さおりが赤ちゃんを抱くときは、いつでもおっかなびっくりだ。一瞬たりとも気が抜けなくて、一瞬たりとも目が離せなくて、毎回汗びっしょりになる。

「それでいいんです。さおりさんがお世話に慣れていないことが、自信がなくて気を張っていることが、赤ちゃんの安全につながります」

律子先生とお母さん、赤ちゃんの間を忙しく駆け回っているうちに、ある日ふと、しばらく過食をしていないことに気付いた。

トイレに籠って長々と吐いている暇もないので、身体は太って顔が丸くなった。ＸＸＳサイズのジーンズは入らなくなった。

でも今までの人生で一番、身体が軽くなったと感じた。

看護師の資格を取るために、働きながら夜間の専門学校に通いたい、と両親に伝えると、母は嫌な顔をした。

「手に職をつけるなら、もっと他にいい仕事があるわ。さおりちゃんは中学校の頃、とても成績がよかったでしょう？　看護師より楽で、収入の高い資格なんていくらでも……」

律子先生との出会いがなければ、きっと今もまだ、さおりは田園調布の家で家事の一切を母に任せ、悠々自適なアルバイト生活を送っていただろう。

《みどり助産院》から自転車で十分、家賃六万円の狭いアパートで暮らしながら、昼間に働き夜に専門学校に通う日々は、決して楽ではない。

しかし、今この時をずっと続けたい、という前向きなやる気が湧いてくる。この充実感を一生持って働きたかった。それには勉強を重ねて、成長を続けなくてはいけなかった。

「それでは、今日の授業はここまでです。国家試験はもう間近ですよ。くれぐれも年末年始は試験勉強に集中してくださいね」

はっと顔を上げた。

結局、授業時間のほとんどをぼんやり物思いにふけって過ごしてしまった。

夜間コースは自分で学費を負担している社会人が多いので、周囲の人たちはみんな、とても真剣だ。誰もが目標に向かう充実した目をしていて、さおりのように心ここにあらずの人はまずいない。

あの手紙のせいだ。

ぱたん、ぱたんとテキストを閉じる小気味よい音の中で、さおりは項垂れた。

この世には子供を嫌いな人がいる、というのは知っていた。

少しでも子供の声を聞くとイライラして、文句のひとつも言いたくなる人がいるらしい。

でもだからといって、あんな意地の悪い手紙をこっそり入れなくてもいいのに、と思う。

普通の顔で事情を説明してくれるなら、もちろん、丁重に謝るし対応もする。でも、あのやり方はひどい。

匿名《とくめい》の手紙は、まるで犯行声明のように不穏で薄気味悪い雰囲気を放っていた。

「あれ？　お母さんが何の用だろう」

帰り道でスマホを見ると、母からの着信履歴が残っていた。

二十時十五分。授業の真っ最中だ。

家を出てからは、母とは半年に一度くらいしか連絡を取っていない。

気が進まなかったが、このまま無視をする勇気はない。しばらく迷ってから折り返した。

「さおりちゃんですか？　あのね、お母さん今、入院しているの。一週間前に階段で転んで骨折しちゃって。お父さんはお仕事があるから、お見舞いには来れないでしょう？　ええ、私が来なくていいって言ったわ。だから、なんだか退屈《たいくつ》しちゃって、特に用事もないけれどあなたに電話でもしてみようかしら、って……」

最近のさおりとの会話にしては珍しい、妙に明るい口調だ。

「入院？　なんで急に、そんな話になってるの？　私、ちっとも知らなかったよ」

入院するほどの骨折といったら、かなりの大事件だ。

一週間、という言葉に胸がざらつく。そんなに時間が経過しているのに何も伝えてくれなかったことに、何故《なぜ》か目の前がくらくらするくらい腹が立った。

「どうしてそんな嫌な言い方をするの？　お見舞いに行きましょうか、って優しい言葉もないのね」

母の口調が急に険しくなった。

「ちょっと驚いただけでしょ。お見舞いに来て欲しいなら、そう言ってよ」

ああもう、どうしてこうなってしまうんだ、と思う。

「お見舞いに来て欲しいなんて、一言も言っていません。あなたの思いやりのなさを心配しているんです」

うっと息が詰まった。

家を出てから、母とはこうやって必ず言い合いになってしまう。

母は、さおりの生き方が気に入らないのだと思う。バレリーナを目指していた頃の、誰にでも自慢できるお嬢さまのさおりでなくなったから。

見栄っぱりの母にとっては、大金を仕送りしてもらいながらイギリスに留学をしていた娘のほうがいいのだ。

働きながら夜間の専門学校に通い、看護師を目指す娘なんて、友達のおばさまたちに格好がつかないと思っているに違いなかった。

「じゃあ、思いやりのない娘なので、お見舞いには行きません。もう電話は切ります。お大事に」

返事も待たずに電話を切ってから、さすがに言いすぎたと気付く。

今日は何だか、どうしようもないくらい心がささくれていた。

「あーあ」

思わず声に出して、大きなため息をついた。

分厚いテキストを何冊も入れた背中のバッグが、妙に重く感じた。

4

今朝から急に冬らしくなった。

これまで爽《さわ》やかにさえ感じられていた朝の冷たい風が、頬を鋭く冷やす。

そろそろ朝の掃き掃除のときに、分厚いコートが必要になってくるな。

さおりは白い息を吐きながら心で呟いた。塵取《ちりと》りの中は、黄色く色付いた枯葉でいっぱいだ。

「おはようございます！　もう、本当に大変でしたー！」

明るい声に振り返ると、首元にマフラーをぐるぐる巻きにした角井さんだ。ダウンジャケットで着膨れした芳雄くんをベビーカーに乗せている。

「どうぞどうぞ、中にお入りください。あっ、ベビーカーは私が畳んでおきますよ」

「ありがとうございます。それじゃ、お言葉に甘えて。痛くて痛くて、もう倒れそうです」

角井さんはさおりに向かって小さく手を合わせた。

「先生、角井さんがおみえになりました」

奥に向かって声をかける。

ベビーカーを畳んで門の中に置き、待合室のソファのところできょろきょろしていた芳雄くんを、膝の上によいしょと乗せた。

角井さんは奥の部屋で、律子先生と話している。

もうすぐ一歳になる芳雄くんの身体は、十キロ近くあってずしりと重い。生まれたばかりの新生児の頃から比べると、ほんの一年で三倍近い体重だ。

赤ちゃんと私。まったく同じ時間を生きているのだから、私も負けていられないな、と思う。

「芳雄くん、失礼します。ちょっとしばらく、私と遊んでいましょうね。絵本とお料理セット、どちらがいいですか？」

芳雄くんがママを求めて泣き出す前に、色鮮やかな絵本と、マジックテープで半分に切れる木製の野菜のおもちゃを見せる。

「あ、お料理セットにしますか。じゃあ、まな板と包丁を使ってみましょう」

これも木製のまな板と包丁を差し出すと、芳雄くんは目を見開いて真面目な顔をして受け取った。

「今日はご自分の胸を、いつもの呼び方ではなく〝乳房《ちぶさ》〟と呼んでください。芳雄くんが急にお母さんの〝乳房〟の存在を思い出す場合がありますので」

律子先生が大真面目な顔で言った。

「了解です」

角井さんが芳雄くんを気にしながら、少し小さい声で答えた。

お料理セットに夢中の芳雄くんに背を向けて、分厚いニットを脱ぎ捨てる。

「ねえ先生、見てください、これ。自分で頑張って描いてみたんですが、やっぱりぐちゃぐちゃです」

角井さんが自分の〝乳房〟を、一瞬だけさおりにも示した。

身体から左右に突き出して見えるほど、ぱんぱんに張った〝乳房〟だ。その〝乳房〟には、太い油性ペンで左右に同じ〝顔〟が描かれている。

ぽつんと黒丸の両目に、乳首を鼻に見立てて赤く丸く塗りつぶしてある。口元はにこっと微笑んだ、限りなくシンプルなニコチャンマークの絵だ。

「笑っている顔、というのがいいですね。お化《ば》けなどの怖い顔を描く人もいますが、わざわざ怯《おび》えさせなくても、赤ちゃんは〝乳房〟の様子が、今までとは変わってしまった、というだけで卒業の時を理解します」

「芳雄、今までおっ……〝乳房〟が大好きだったから、にっこり笑顔でお別れがいいかと思ったんです」

角井さんは「おっぱい」と言いかけて、慌てて口に手を当てた。

「断乳の日から丸々二日間、直接の授乳はされていませんね」

「はい。どうにかこうにか。初日の夜はぜんぜん寝てくれなくて、一時間近く泣いてから、泣き疲れて寝る感じでした。でも二日目からは、こっちが拍子抜けするくらいおっ……〝乳房〟のことは忘れているみたいです」

角井さんはぺろりと舌を出した。

「角井さんの身体はどうですか？　初日は、かなり辛かったでしょう。赤ちゃんの泣き声を聞くことは、〝乳房〟で母乳が勢いよく作られる原因にもなります。どなたかに協力を頼むことができましたか」

「誰も助けてなんてくれないですよ。最悪です。全部、自分でやりました。お風呂はこの寒い中、私だけ服を着たまま子供たちの身体を洗って、風邪をひきそうになりましたよ」

強い言葉に思わず顔を上げた。角井さんは大きな口で笑っている。

「そうでしたか。お疲れさまです。〝乳房〟は、二日以上授乳をしなければ、身体が母乳を作る必要がなくなってきた、と判断します。一度脳にその信号が伝わってしまえば、これからはかなり楽になるはずです。ひとまず今日は、乳腺炎の予防のために、溜まった古い母乳をすべて搾り切りましょう。さおりさん、芳雄くんをよろしくお願いします」

律子先生が、奥の八畳の襖を閉じた。

「芳雄くん、教えてください。何を作っているんですか？　カレーでしょうか。オムライスでしょうか」

芳雄くんの気が逸れそうだったところを、急いで料理セットに関心を戻させる。

「わんわん」

芳雄くんが得意げに答えた。

「わんわんですか。それはいいですねえ」

目を細めて頷くと、芳雄くんはにんまりと笑って木の包丁を振り回した。

外で、きい、と門の鳴る音が聞こえた。

思わずはっと身構える。

「すみません、ちょっと早く来すぎちゃいました」

聞き覚えのある声に、ほっと息を吐いた。

芳雄くんを抱いて出迎えると、患者さんの大塚さんが、抱っこ紐の中に悠太郎くんを入れて現れた。大塚さんは薄手のダウンコートを羽織って、悠太郎くんを覆うフリース素材のケープを前にかけている。

大塚さんのおっぱいは頑固な陥没乳頭だ。月に一度、おっぱいのメンテナンスをしてもらいに《みどり助産院》へやってくる。

さおりと初めて出会ったときは生後五日、産院からの退院直後だった悠太郎くんも、もうすぐ七ヶ月になる。

「おはようございます。今、前の方がいらしたところなので、ちょっとお待たせしちゃうと思いますが、待合室でのんびりお過ごしくださいね。悠太郎くん、おはようございます。こちらのお兄ちゃんは、芳雄くんですよ。一緒に遊びましょう」

悠太郎くんが興味深そうな顔で、芳雄くんをじっと見つめた。

「ずいぶん熱く、見つめ合っていますね」

「悠ちゃんが見ているの、たぶん、トマトです。この子、トマトがこの世で一番好きなんです」

悠太郎くんの視線を辿ると、確かに芳雄くんの顔ではなく、握ったトマトのおもちゃに釘付けだ。

大塚さんと二人で、顔を見合わせて笑った。

「あ、そういえば。今、門のところから出てきた人って、どなたですか？　どこかで見覚えがあるなあって……」

「えっ？　外に誰かがいたんですか？」

思わず、身を乗り出した。

白い封筒が胸を過る。背筋が強張って、眉間に皺が寄る。

「あれ？　見間違いかな？　さっきそこに、髪の長い若い女の人が……」

大塚さんは、さおりの顔に驚いた様子で肩を竦めた。

「あ、きっと、勧誘の人だと思います。最近、しつこくて……。大塚さんがいらしたタイミングだったので、助かりました」

さおりは慌てて表情を緩めた。

「そうでしたか。勧誘の人だとしたら、うちにも来たことがあると思います。見覚えがあってもおかしくないですよね。すっきりしました」

大塚さんはにこっと笑って、「やっぱりここに来ると落ち着きます」と呟いた。

5

「大塚さんのお話を聞いて、嫌な予感がしたんです。手が空いたときに外を見てみたら、玄関を出てすぐのところに、この間と同じ封筒が落ちていました」

今日最後の患者さんを見送ってから、さおりは律子先生の前に正座した。

白い封筒をすっと差し出す。封筒の表に書かれた《みどり助産院さま》という綺麗な文字に、心がざわつく。

「中身は同じですか？」

「はい、前回と同じ文面です。《子供の泣き声がうるさいです。早急に対処をお願い致します》と書いてあります」

さおりは唇を尖らせて、畳の上の封筒を指さした。

中身を広げるのも嫌な気分だ。

「それでは、待合室の窓にも、終日、ロールカーテンを下ろしておきましょう。少しは防音になるはずです」

律子先生はしばらく考えてから、答えた。

「そんな、この部屋は、せっかく陽当たりがいいのに……。それに、窓をきちんと閉めてさえいれば、赤ちゃんの泣き声なんて、外にはほとんど聞こえないはずです」

「苦情には、こちらが対処に乗り出している姿勢を見せることが大切です。それに、私たちが赤ちゃんの泣き声に耳が慣れて、聞こえない、と思い込んでいるだけかもしれません」

「子供が嫌いな人にとっては、窓を閉め切った隣の家の室内の、ほんの微かな泣き声さえも気になるってことですか？　そんな意地悪な人のことなんて、いちいち構っていられませんよ。自分だって小さい頃は、大泣きする赤ちゃんだったのに……」

さおりは頬を膨らませた。

「赤ちゃんの泣き声が気になる人が、意地悪な人というわけではありません。誰にでも事情があります。女性は出産を境にあまりにも大きな価値観の転換を迫られるので、それに何とか順応するため、子供がすべて、育児がこの社会にとって最も重要なこと、と思い込んでしまいがちです」

律子先生は言葉を切ると、さおりを見つめて小さく頷いた。

「でもこの世の中には、実に様々な人が共存して暮らしています。赤ちゃんに関わる私たちこそが、それを忘れないようにしなくてはいけません」

珍しく穏やかな声で、諭《さと》すように言った。

「でも、こちらがいくら〝対処〟をしても、こんな手紙が続くようだったら気味が悪いです。今日だって、大塚さんがこの手紙を届けに来た人を目撃しているんですよ。髪の長い若い女の人だって……」

「まるで幽霊のような言い方をしてはいけません。その人も、よくよく悩んだ末の行動でしょう。ですが、患者さんと顔を合わせるのはあまり良いことではありませんね。機会があれば、直接お話ができればよいのですが……」

「わかりました。パトロールを強化します」

さおりは胸の前で握り拳を作った。

「ですが今は、先のことを心配しても仕方ありません。先のことは、またその時に考えましょう」

律子先生はきっぱり言って話を切り上げた。

「ところで、もうすぐさおりさんは国家試験ですね。勉強は進んでいますか？」

痛いところを衝《つ》かれて、さおりは肩を竦めた。

これまではそれこそ猪突猛進《ちょとつもうしん》、と仕事に勉強に全力で突き進んでいたつもりだった。それがここ数日、どうにも調子が出ない。

「この手紙が来た頃から、ちょっと気が散っているなあと感じています」

素直に答えた。

律子先生は黙ってこちらを見つめて、先を促す。

切れ長の目が、受験勉強に身が入らない理由はそれだけではないだろう、と訊いている。

「それに、最近電話で、母と話したんです。骨折して先週から入院していると言われて、なぜかすごく腹が立ちました。私、実の娘ですよ。もう少し早く知らせてくれてもいいのに……」

　ふっと笑い声が聞こえた。

　驚いて顔を上げると、律子先生が顔を綻ばせて笑っていた。笑うと律子先生の真っ白な髪からは考えられないくらい、肌が艶やかに明るく輝いた。

「私、何か、面白いことを言いましたか？　それはまあ、自分のこと、強情っぱり、って自覚はありますけど……」

　わざと不貞腐《ふてくさ》れた顔をしながら、思わず律子先生に釣られて笑った。

「どうしても駄目なんです。母と喋ると、いつもイライラしてしまいます。これまでずっと夢を応援してもらって、金銭的にもすごく助けてもらっていました。でも、だからこそ、私が夢を諦めたせいで、母との仲は完全にぎくしゃくしちゃっているんです」

　さおりは肩を竦めた。

「今ではほんの少し関わるだけで、毎回、喧嘩《けんか》になってしまいます」

「羨ましい話です」

　律子先生が笑顔を浮かべたまま答えた。

　えっ？　と思ったそのとき、外できい、という音を聞いた。

「先生、今、門のところに！」

叫ぶように言って、飛び上がる。

全速力で駆け出した。玄関でサンダルを履く間も惜しくて、裸足《はだし》のまま飛び出した。

「きゃっ」

夕暮れの玄関先に、人影があった。

髪の長い女の人。年齢は三十歳くらいだろうか。髪は傷《いた》んでぼさぼさになっている。化粧っけはなく、眉がまったくない。

フリースのチュニックにレギンスの部屋着姿で、濃紺のウールのコートを羽織っていた。入院患者のように身なりに構っていない姿に、ウールのコートの仕立ての良さがちぐはぐだった。

「待ってください！」

急ぎ足で立ち去ろうとした背中に声をかけた。

女の人は一瞬だけちらりと振り返って、慌てた様子で小走りになる。手には白い封筒を握っていた。

「お願いします、お話を聞かせてください！」

さおりはもう一度呼びかけた。

と、先を走っていた背中が急に崩れ落ちた。

「大丈夫ですか⁉」

慌てて駆け寄って抱き留めた。

女の人は真っ白な顔をして、肩で息をしていた。両目が厚ぼったく腫れて、唇は乾燥してひび割れだらけだ。

「いつもいつも、この家から赤ちゃんの泣き声が聞こえるんです。どうにかしてください。もう気が狂いそうです」

荒れた唇から、震えるか細い声が聞こえた。

女の人は奥歯を嚙みしめると、声を殺して泣き崩れた。

6

「えっと、こうです。こうやって、赤ちゃんの胃と自分の胃をくっつけるように。赤ちゃんが首を曲げないで、乳首がすぽんと口に入るように、です」

さおりはソファに置いてあるクマのぬいぐるみをあちこち抱き直して、授乳の姿勢を説明した。

おっぱいの飲ませ方のコツがわからない、生後二週間の赤ちゃんのお母さんだ。

乳首の形も母乳の分泌も問題ない。あとは、お母さんと赤ちゃんの練習あるのみだ。

まだふやけたように皺だらけの肌をした赤ちゃんを横抱きにして、お母さんがクマのぬいぐるみを見つめる顔は真剣だ。

律子先生は施術を終えて、奥の部屋で休憩中だ。おっぱいのマッサージの仕事は、実はとても力を使う。きっといつものように、畳にごろんと横になってお昼寝中だろう。

律子先生が一抱えもあるクマのぬいぐるみを買ってソファの上に置いたとき、赤ちゃんのためのおもちゃだとばかり思った。律子先生も実は可愛らしい趣味があるんだな、と、こっそり微笑ましく思ったものだ。

それが、このクマは赤ちゃんの授乳指導用だったとは。

「いち、に、さん！　こうやって、タイミングを見計らって、ぱくんとおっぱいを赤ちゃんの口に押し込みます。あ、くれぐれも、赤ちゃんが窒息《ちっそく》しないように。目と目を合わせて、様子を確認しながらやりましょうね」

さおりは自分のおっぱいに向かって、毛が薄くなりかけたクマの鼻先を勢いよく押し付けた。

「あっ……この子、寝ちゃいました」

お母さんが泣き出しそうな声で眉を下げた。

「あら、お疲れでしたね。じゃあしばらくは、お母さんも一緒にお休みしましょう。大丈夫ですよ、赤ちゃんって基本、泣いていないときは寝ているものですから。きっとお腹が減っていますから、すぐに目を覚ましますす」

さおりの言葉に、お母さんは少しほっとした笑顔を見せた。

「いつになったら、おっぱいを飲んでくれるんでしょうか。もしかしたらこのままずっと……」

お母さんがしんみりと言った。途端に顔に暗い影が差す。

「大丈夫です！　〝おっぱい先生〟が、この子はちょっとのんびりさんなだけだ、とおっしゃっていたんですから。先生の言葉を信じて、気楽に、ゆっくり進みましょう」

わざと明るく言い切った。

産後のお母さんたちは、何事も極端に考えてしまう人が多い。

よいほうに極端に幸せになってくれるなら、これほど嬉しいことはない。だが、《みどり助産院》へ駆け込む人の多くは、悲観的な思いに陥《おちい》りがちだ。

十ヶ月間身体の自由のきかない妊婦さんとして暮らしてきて、出産で大きくホルモンバランスが変わる。さらに出産後は、ほとんど寝る暇のない赤ちゃんのお世話が何ヶ月も続く。

そんな状態の人に、常に冷静沈着に、前向きに、なんて求めるほうが無茶というものだろう。

赤ちゃんのお母さんと過ごすときは、さおり自身が誰よりも能天気に、明るく、幸せな未来を信じようと思う。

口に出していると本当に、自分が生まれつきそんなパワーに満ち溢れたネアカな人になった気がしてくるから不思議だ。

やはり、日々ぐんぐん成長する赤ちゃんに触れて、頑張っているお母さんに寄り添う仕事は、考え込みやすい自分には天職だ。

「うわーん！」

お母さんの膝の上の赤ちゃんが、びくりと身体を震わせて急に泣いた。

「はい、おはようございます。思ったよりも早いお目覚めでしたね。早速ですが、おっぱいの練習のお時間ですよ」

窓が開いていないか、ちらりと目を走らせて確認する。

ふいに、昨日、《みどり助産院》の前で呼び止めた女性のことが胸に蘇った。

結局彼女は、さおりの手を振り払って通りを駆け去ってしまった。

すぐ近所の人だから、家に飛び込むわけにはいかなかったのだろう。

フリースのチュニック姿のまま、身体をよろつかせながら世田谷通りに走っていく背中は、これまで頭の中で思い描いていた嫌がらせをしてくる意地悪な人、の姿とはほど遠かった。

でもかえって、いったい彼女が何者なのかがさっぱりわからなくなった。

ひどく窶《やつ》れて取り乱してはいたが、瞳の奥には聡明そうな光を宿した人だった。

「唇を指先でちょん、と触ってみてください」

さおりの言葉に、お母さんが泣き喚く赤ちゃんの口元に指を当てる。

赤ちゃんの唇がきゅっと窄《すぼ》まった。

「これが生後二ヶ月までの赤ちゃんにある、吸啜反射《きゅうてつはんしゃ》と呼ばれる動きなんです。お腹が減っているときに、唇に近づいてきたものに吸い付こうとする反射です。では今度はタイミングを合わせて、おっぱいでやってみましょう。ほら、やった！」

「わっ、おっぱい吸ってくれています！」

お母さんが満面に笑みを浮かべてさおりを見上げた。

「やりましたね！　おめでとうございます！」

今にも泣き出しそうなどんより暗い顔になったり、花が咲くような素敵な笑顔になったり。お母さんの表情はまるで赤ちゃんのようにころころ変わる。

そんな姿は生命力に溢れて、とても美しく見えた。

そのとき、電話が鳴った。

「すみません、ちょっと出てきますね」

クマのぬいぐるみをソファに戻して、電話に向かった。

「ああ、大塚さん、こんにちは。来月のご予約の変更ですか？」

さおりは壁掛けのカレンダーを捲《めく》った。

悠太郎くんのお母さん、大塚和美さんだ。

「いいえ、違うんです。今、ちょっとお時間よろしいですか？」

いつもの大塚さんよりも低い声だ。

「あ、はい。大丈夫ですよ」

待合室をちらりと振り返って、廊下に出た。

「先日、《みどり助産院》の前で会った人、私が十六年前に初めて赴任した高校の生徒です。担任じゃなくて授業を担当しただけなので、はっきり顔を覚えていなかったのですが、きっと間違いありません」

部屋着にウールのコート姿の女の人の泣き顔が、再び浮かぶ。

大塚さんは三十代後半の都立高校の先生だ。大塚さんが新卒の頃に担当した生徒さんなら、今、ちょうど三十代前半くらいだろう。あの女の人と年齢は合う。

「昨日偶然、児童館《じどうかん》で、彼女と同級生だった生徒に会ったんです。向こうが私のことを覚えていて声をかけてくれて……。赤ちゃんの情報をひととおり交換して、別れ際に彼女──阿部美知佳《あべみちか》さんのことが話題に出たんです」

大塚さんは状況をすべてわかっている口調だ。

はっと息を吞む。《みどり助産院》の右隣の家の表札は、〝阿部〟さんだ。

やはり隣の家の人だったのか、と息苦しい気持ちになる。

こんなに近いところに、赤ちゃんの泣き声に神経を尖らせて苛立っている人がいると思うと、ずしんと心が重くなる。

「彼女、いったいどんな人なんでしょう？」

声を潜めて訊いてみた。

「阿部さん、先月、赤ちゃんを亡くされたんです。生後一ヶ月での突然死でした」

息が止まった。

ああ、と声にならない言葉が漏れた。

「阿部美知佳さんです。年齢は三十二歳。ご住所はお隣です。カルテを作成してくださ
い」

律子先生が隣の家へ向かってから、ほんの五分も経っていない。

この間と同じフリースの部屋着姿でぼさぼさの髪をした阿部さんが、律子先生の背後で真っ白な顔をして立っていた。

「阿部さん、こちらは見習いの田丸さおりさんです」

阿部さんは不安げな顔でわずかに目礼をした。

「あっ、こんにちは。はじめまして……じゃなかったですね。でも、改めて、はじめまして。よろしくお願いいたします。奥へどうぞ……」

さおりは慌てて答えた。

まさか阿部さんが、こんなにあっさりここに来てくれるとは思わなかった。

律子先生はいったいどんな魔法を使ったのだろう。

阿部さんは呆然としたような、心ここにあらずという表情だ。

7

唇は半開きで、肩はがっくり落ちている。背中は亀のように丸まって、足を引き摺るように歩く。

よく見ると横顔が整った綺麗な人だ。眉がまったくないのだって、外に出るときはいつも綺麗なアーチ形の眉をきちんと描く、メイクが好きな女性だったに違いない。

阿部さんは和室に一歩足を踏み入れた瞬間、大きく息を吸った。目を閉じる。

吸った息を吐くと同時に、阿部さんの腫れた両目から涙が次から次へと零《こぼ》れ出た。

「今日は、もう患者さんの予約は入っていません。誰とも顔を合わせることはありませんので、どうぞゆっくりお過ごしください」

律子先生が言って、奥の部屋に向かった。

阿部さんは涙をぽろぽろ零しながら、操り人形のように律子先生の後についていった。

「上の服を脱いで、こちらの布団に横になってください」

「嫌です！」

鋭い声に、思わずさおりは飛び上がりそうになった。

阿部さんがタオルハンカチに顔を埋めた。大きく左右に首を振る。

律子先生は何も答えない。ただじっと阿部さんを見守る。

さおりはティッシュの箱を持って、阿部さんに近寄った。

「こちら、どうぞお使いください。何か、飲み物をお持ちしましょうか？」

「いりません！」

ぴしゃりと撥ね付けられた。

手紙の攻撃的な文面が頭を過る。同時に、阿部さんが生後一ヶ月の赤ちゃんを亡くしたばかりだという事実が胸に迫る。

どんな声をかけてあげたらいいのか、どうすれば阿部さんの中に満ちた悲しみを癒《いや》すことができるのか、見当がつかない。

「いつも開けていた窓を閉め切り、昨日からは、こちらの部屋もロールカーテンを下ろすことに決めました。騒音の程度に、変化は感じられましたか？」

律子先生が窓に目を向けた。

生成り色のロールカーテンに、庭の緑が映ってきらきらと輝いていた。

「何も変わりません。うるさくてうるさくて、ひと時も心の休まるときがありません」

阿部さんがうめき声で呟いた。

「辛いお気持ちにさせてしまい、申し訳ありません。引き続き対処方法を考えます」

律子先生が静かに答えた。

ほんの数秒の沈黙の後、阿部さんがわっと泣き崩れた。

律子先生は立ち上がると、阿部さんの横に座る。阿部さんの背にぴたりと掌を当てた。しばらく阿部さんのしゃくりあげる泣き声が続いた。

「病院で、母乳を止める薬は処方されましたか？」

「今も、飲んでいます。でもぜんぜん効きません」

阿部さんの声は固かった。でも、先ほどまでの怒りに似た激しい思いは、ほんの少し薄れているようだった。

「おっぱいは、どのような状況ですか？」

「とにかく痛みます。日常生活でちょっとでも赤ちゃんの泣き声を聞いたり、あの子の持ち物を目にしたりすると、おっぱいが腫れて我慢できないくらいの痛みを感じます。痛みがひどすぎて一睡もできない日もあります」

「お子さんのお名前を伺ってもいいですか？」

阿部さんがごくりと唾を飲み込んだ。

「アキホです。女の子です。明るく歩む、という字を書きます」

「いいお名前ですね。さおりさん、カルテに記入をお願いいたします」

律子先生がこちらを振り返った。

「はいっ！」

カルテに阿部明歩ちゃん、の名前を書き込む。女の子。初診のところに生後一ヶ月、と書いた。

ふと顔を上げる。明歩ちゃんの姿はどこにもない。

急に、胸が刺すように痛んだ。阿部さんの深い悲しみと絶望が大きな波のように押し寄せてくる。

阿部さんはそれこそ一日中、家でひとりでこの孤独を味わっているんだ、と思う。

さおりは唇を強く結んで、込み上げてくる涙を堪えた。

「おっぱいの状態を見せてください。あまりに強い痛みがある場合、炎症を起こしていることがあります。なるべく早くに対処が必要です」

律子先生が阿部さんの背を撫でながら、確認するように言った。

「……わかりました」

阿部さんが項垂れて、フリースのチュニックを脱いだ。

涙に濡れて傷口のように真っ赤になった目をして、布団に横になる。

「あ、切り絵だ……」

天井を見上げた阿部さんが、驚くほどつまらなそうに呟いた。

「すべて私が作りました」

律子先生が答えて、阿部さんの胸に熱い蒸しタオルをそっと置く。

「細かい作業ですね」

阿部さんの声が少し眠たげに聞こえた。

「このテープ状に連なる切り絵は、ガーランドと呼びます。随分前にガーランド教室に通って、猛特訓しました」

「どうして、ガーランドだったんですか？」

「赤ちゃんが喜ぶと思ったからです」

律子先生は答えてから、目を細めて天井を見上げた。

赤ちゃん、という単語にさおりは一瞬ぎくりとした。

しかし阿部さんは、まるで眠るように目を閉じていた。

「それでは、おっぱいを診させていただきます。よろしくお願いいたします」

律子先生がいつもと何も変わらない声で言った。

8

「前の日から、お熱があったんです。でもお熱があること以外は、いつもと変わらずに元気そうに見えました。三十八度を過ぎたら病院に行こう、過ぎなければ大丈夫、と勝手に決めて、様子を見てしまいました。まだ実家に里帰りをしている最中だったので、母が、このくらいの熱なんて子供にはしょっちゅうよ、と楽観的に話していたこともあって……」

阿部さんの声がぐっと詰まった。

大きく息を吸って、吐く。喘ぐように幾度かその呼吸を繰り返した。

「聞いていますよ」

律子先生が、手を動かしながら囁いた。

「その日のことは何も覚えていません。まるで洗濯機の中に放り込まれたみたいに、記憶が滅茶苦茶《めちゃくちゃ》に千切れています。気が付いたら、明歩は亡くなっていました。お医者さんには、乳幼児突然死症候群《にゅうようじとつぜんししょうこうぐん》だと言われました」

阿部さんは枕に乗せた首を傾げてから、もう一度、覚えていないんです、と不思議そうな声で言った。

魂《たましい》が抜けたような声だった。

「乳幼児突然死症候群は、予兆も既往歴《きおうれき》もなく乳幼児が突然亡くなる原因不明の疾患《しっかん》です。阿部さんは何も悪くありません」

律子先生は冷たさを感じるくらい強く言い切った。

「いいえ、私のせいです」

阿部さんが静かに否定した。

「私、明歩が亡くなる一週間前に、母に三時間だけ明歩を預けてカフェに行ったんです。出産してから、ひとりでカフェに行ってお茶をするなんて、初めての経験でした」

阿部さんが薄らと目を開けて、また閉じた。

「何も悪いことではありません。育児には気分転換が大切です」

律子先生がむきになったように言った。

「カフェイン抜きのカフェラテを飲んで、スマホをいじったり、通りを歩く人を眺めたりしながらのんびり過ごしました。明歩のことをまったく考えない時間なんて、ほんとうに久しぶりでした」

阿部さんが言葉を切った。

「そのとき私は、涙が出るくらい幸せでした。一週間後に明歩はこの世からいなくなってしまうのも知らないで、赤ちゃんと離れて過ごすことのできる時間に喜んでいたんです。私は母親失格です。母親なのに、ひとりの時間に幸せを感じたりなんてしたから、罰《ばち》が当たったんです」

「違います。阿部さんの思い込みです。阿部さんは悲しい出来事に対して、すべて自分を責めるように関連付けてしまっているだけです」

律子先生が左右に首を振った。

「あれから、起きている時間はずっと泣いていて、眠っている時間も夢の中でずっと泣いています。母にはひどいことを言って傷つけてしまいましたし、夫には、どうしてこの家に明歩が一緒にいないの、とパニックを起こして当たり散らしてしまいます。常に嘆き悲しんでいて、常に怒りと苛立ちを抱えていて、頭がおかしくなってしまったようです」

阿部さんが震えるため息をついた。

「当然の反応です」

律子先生がきっぱりと答えた。

「先生、教えてください。先生はどうやって、この悲しみを乗り越えたんですか？」

えっ、と耳を疑った。聞き間違いかと思って、律子先生の横顔に目を向ける。

律子先生の表情は少しも変わらない。

「乗り越えていません」

「そんな、嘘です。乗り越えていなかったら、毎日、赤ちゃんとお母さんに接する仕事なんて辛くて苦しくて、できるはずがありません。私は赤ちゃんの泣き声を聞くだけでこんなにも悲しいのに」

阿部さんが悲痛な声を上げた。

律子先生は答えない。しばらく黙っておっぱいのマッサージを続けていた。

「それでは、身体を起こしてみてください。まだ終わりではありませんが」

阿部さんは怪訝そうな顔で半身を起こした。

「阿部さんのおっぱいには、古い母乳がたくさん溜まって炎症を起こしかけていました。分泌がいいので、お薬を飲んでも、もうしばらくは身体の中で母乳が作られる期間が続くでしょう」

「これ以上、耐えられません。もう明歩はいないのに、私はお母さんじゃないのに、私の身体だけがまだお母さんのつもりでいるんです。そんなのって……」

阿部さんが子供のように両手を目元に当てて、しくしく泣いた。

「分泌を止めるには、ご自身がおっしゃっていたとおり、赤ちゃんの泣き声から遠ざかり、明歩ちゃんを思い出すものすべてを目につかないところに片付けて、封印するといいでしょう。決して明歩ちゃんのことを思い出さない環境を作れば、数日で母乳の分泌は大きく減るはずです」

「えっ」

阿部さんの眉が下がった。

「あの子のものをすべて片付けるんですか？」

「はい、そうです。決して目につかないように、明歩ちゃんを決して思い出さないように、です」

「無理です！　そんなの無理です！　明歩を忘れることは、一生できません！」

阿部さんが悲鳴に似た声を上げた。

窶《やつ》れて隈の目立つ目元が、真っ赤になっていた。

律子先生を睨み付けるかのような強い視線で、大きく首を横に振る。

「わかりました。では忘れる必要はありません。さおりさん、哺乳瓶を持ってきてください」

「はいっ！　わかりました！」

台所のケースに置いてある消毒済みの哺乳瓶を取って、律子先生に手渡した。

《みどり助産院》では、どうしてもお母さんのおっぱいを飲まない赤ちゃんには、哺乳瓶で粉ミルクをあげている。おっぱいの練習は厳しくても、粉ミルクを育児の敵のように見なすことは決してない。

「ありがとうございます。それでは阿部さん、私のやり方を見ていてくださいね」

律子先生は哺乳瓶の乳首を外すと、迷いのない手つきで、阿部さんのおっぱいから母乳を搾り出した。

親指と人差し指を、おっぱいの奥に押し付けるように動かす。

乳輪の縁《ふち》をリズミカルに押すと、哺乳瓶の中に、みるみるうちにお米の研ぎ汁のように澄んだ白色の母乳が溜まっていった。

「おっぱいが張って苦しくなったら、このように搾乳をしてください。どのくらいの量を搾るのか、どんな頻度で、いつまで続けるのか、すべて阿部さんにお任せします。阿部さんが一番心地よい形で過ごしてください」

律子先生が哺乳瓶の中の母乳に目を向けた。ほんのわずかな時間なのに、百ccはある。かなり分泌のいいおっぱいだ。離乳食が始まるまでの数ヶ月間、お母さんの身体ひとつで、赤ちゃんを大きく育てることのできたはずのおっぱいだ。

「そして搾った母乳は、明歩ちゃんにお供《そな》えしてあげてください」

律子先生が阿部さんに哺乳瓶を差し出した。

「いつまで続けるかもわからないって……。そんなこと、していてもいいんでしょうか。明歩はもういないのに。母乳なんて、早く止めなくちゃいけないのに……」

「私は、阿部さんの身体が少しでも楽になる方法を提案しています。今の阿部さんには、ただご自分の悲しみにゆっくりと向き合い、身体の負担を取り去ることが必要です」

阿部さんが震える手で哺乳瓶を受け取った。

「明歩、喜んでくれるでしょうか……」

「私には明歩ちゃんの気持ちはわかりません。ですが私が赤ちゃんだったら、売り物のお菓子をお供えしてもらうよりも、ずっと嬉しいと思います」

律子先生が微笑んだ。頬の筋肉が引きつっているような、固くて強張った笑顔だ。

「私、明歩のことを、忘れなくてもいいんですね？」

阿部さんが念押しするように言った。

「忘れることはできません」

律子先生が頷いた。

「今後も、赤ちゃんの泣き声が気になることがありましたら、いつでもご連絡ください。こちらはそのたびに、何らかの対処を考えます。そして私の出せるアイディアには限りがありますので、今度からは騒音対策の方法を、ご一緒に考えていただければ助かります」

律子先生は窓に目を向けると、「次は、外側に電動シャッターを取り付けようかと考えています」と、大真面目な顔で言った。

9

後片付けを終えた和室に、さおりは洗濯物の山をどさりと置いた。

気が遠くなるほどたくさんのタオルと、律子先生の服。

律子先生の服はいつものキックボクシングの道場のロゴが入ったものか、スポーツブランドの速乾性《そっかんせい》のTシャツに、ブラックジーンズだ。まるで中高生の男子のような服だ、と思う。

律子先生はこの家の二階にひとりで暮らしている。

引っ越し前の掃除のときにちらりと見た、ほんの五畳ほどしかない北向きの小部屋だ。

「今日は、お疲れさまでした。さおりさんがいらして、とても助かりました」

背後から律子先生の声が聞こえた。

「あ、律子先生。お疲れさまです」

小声で答えて、律子先生の黒いTシャツを畳んだ。

「今から、ジムに行かれるんですか？」

診察が終わったら、車で、練馬《ねりま》にあるキックボクシングの道場へ通うのが律子先生の日課だ。

最初に聞いたときは驚いたが、「この仕事は体力づくりが重要なのです」と説明されると、なんとなくわかるような気がした。

「いいえ。今日はさすがに疲れました」

律子先生が自分の肩をとんとん、と叩いて、ふっと笑った。

ゆっくりとさおりの横へやってきて、正座をする。

そのまま自然な動きで洗濯物の山に手を伸ばしかけてから、律子先生の動きは止まった。

「あっ、これは私がやっておきます。律子先生はお休みしていてください」

明るく声をかけると、律子先生は寂しそうにため息をついた。小さく頷く。

しばらく外の物音に耳を澄ました。

微かに車の音が聞こえるだけの静かな夕闇だ。

遠くで小犬の吠える声が聞こえた気がする。

「阿部さんは、律子先生のマッサージを受けて救われたんでしょうか。悲しい気持ちが、少しは楽になったんでしょうか」

「私にそんな力はありません。おっぱいの状態に、アドバイスをしただけです。阿部さんはきっとまた苦情を抱えていらっしゃるでしょう。そのたびに、何回でもお話を聞きます」

律子先生は首を横に振った。

「律子先生、どうして阿部さんは、律子先生が訪ねて行ってすぐに《みどり助産院》へ来てくれたんでしょうか。今の阿部さんにとって、助産院は辛い場所のはずです。それに苦情を言ったまさにその相手に、おっぱいを診てもらうなんて、私だったらとてもじゃないけれど……」

「私のことを話しました。私もかつて、彼女と同じような苦しみを味わったことがあります。それを伝えただけです」

さおりははっと律子先生を見上げた。

「同じような苦しみ、って……」

先ほどの阿部さんとの会話が蘇る。

「乗り越えていません」と言い切った律子先生の顔。

「私は二十九歳のとき、初めての子供を失いました。出産予定日を超過《ちようか》しての死産でした」

息が止まった。

「……律子先生、ご結婚されていたんですね。ずっと独身だとばかり思っていました」

どう言葉を返したらいいかわからず、見当違いのことを言ってしまった気がした。

「今は、正真正銘のひとり身です。私は自分の身に起きた出来事を受け止めることができずに、大切な人たちを傷つけました。私がすべての人を遠ざけたので、皆が私から去っていきました」

律子先生は至極《しごく》当たり前のこと、というように背筋を伸ばした。

「そんな……。旦那さんは、律子先生が辛いときに寄り添ってはくれなかったんですか？」

さおりは眉を顰《ひそ》めた。

赤ちゃんを失ったことが原因で、旦那さんと離婚をすることになったなんて、あまりにも辛すぎる。そんな辛いときにこそ、お互い寄り添うのが夫婦じゃないのだろうか。

「私が悪いのです。辛いのは私ひとりだけではありません。私はそれをすっかり忘れてしまいました。私の人生で、とても大きな反省点です」

律子先生が遠くを見る目をした。

「それからすぐに、母は亡くなりました。あの頃のことを謝ることができないままです。母は、初孫《はつまご》が生まれることを誰よりも楽しみにしてくれていました」

律子先生は目を伏せた。

「そんな辛い状況を、どうやって……」

乗り越えたんですか、と言いかけて口を噤《つぐ》んだ。律子先生は「乗り越えていない」と、はっきり言っていた。

「仕事に戻りました。働かなくては生きていけませんから」

律子先生があっさりと答えた。

「仕事って、今と同じ助産師ですよね？　辛くはなかったんですか？　お子さんを亡くされたばかりで、赤ちゃんとお母さんのお世話をする仕事なんて」

思わず阿部さんと同じ質問が口を衝いた。

「復帰の前夜は、さすがに気が滅入《めい》りました。ですが、仕事を始めたらすぐに大丈夫だとわかりました。むしろ、この仕事に戻ることができてよかったと、ほっとしました」

「どうしてですか？」

身を乗り出した。

「人と触れ合うのは、嬉しいことだったからです。安心できることだったからです。大切にしてあげたい誰かの肌に触れていれば、人は心を失うことはありません」

律子先生は唇を引き締めて小さく笑った。

「触れ合うこと……ですか」

さおりの両腕にずしりと重い温もりの感触が蘇った。

ここで働き始めて三年。どのお母さんが連れてくる赤ちゃんも、思わずきゃーと悲鳴を上げたくなるくらい可愛い。

おっぱいの悩みで泣き顔になっているお母さんに代わって、今この瞬間だけは、私がこの子を心の底から可愛がってあげよう、と胸に誓って過ごしていた。

そんな日々を過ごすうちに、気付くと胸の奥に巣くった不安が薄れていた。

夢のすべてを失った私は、いったい何のために生きているんだろう、なんて、重くて暗い自問自答が、いつの間にか掻き消えていた。

「病院の産科病棟で数年働いてから、母乳外来専門の助産院に移り、十年以上修業を積みました。その助産院の先生が引退されるタイミングで、叔母が遺してくれたこの家で《みどり助産院》を開くことに決めました。これが私の経歴です」

律子先生は淀みなく答えた。

「そういえば、《みどり助産院》のみどり、ってどういう意味なんでしょうか？　律子先生のお名前とは関係ないし、庭仕事がお好きなわけでもないし……。ずっと気になっていたんです」

さおりは、たったひとりで育てた庭の植物に目を遣《や》った。

「昔の言葉で赤ちゃんのことを嬰児《みどりご》と呼ぶでしょう。生まれたばかりの赤ちゃんを新芽の緑にたとえた呼び名です。《みどり助産院》の名前は、そこから取りました。いい名前だと自負しています」

律子先生は得意げに言った。

「さおりさんと話していたら、なんだか元気になってきました。やはり、今日はジムに行くことにします」

律子先生がすっと立ち上がった。

「えっ？　今からですか？　えっと、じゃあお着替え……乾いていますのでどうぞ」

さおりは慌てて畳んだTシャツを差し出した。

黒地に金の筆文字で〝〇〇道場〟とロゴの入ったかっこいいTシャツ。

きっと律子先生の赤ちゃんは男の子だったのだろう、と思った。

「さおりさん、私がどうしてキックボクシングの練習を続けているかわかりますか？」

律子先生は立ち去りかけて振り返った。

「以前、この仕事の体力づくりのため、って伺いました。おっぱいのマッサージにはかなり腕の筋肉を使うので、って」

さおりの脳裏に、虚空に向かって鋭いキックを繰り出す律子先生の姿が浮かんだ。

想像の中の律子先生は、悲しい出来事ややりきれない思い出を振り払うように、全力で闘っていた。

「私は、そんなことを言いましたか。きっと本当の理由を答えるのは、恥ずかしかったのだと思います」

律子先生は一瞬、ぼんやりと目を泳がせた。

「私がトレーニングを続ける一番の理由は、皆さんを守るためです。《みどり助産院》へいらっしゃる赤ちゃんやお母さんを守るために、私は日々トレーニングを続けています」

律子先生は力こぶを作ってみせると、ふっと柔らかい笑顔を浮かべた。

律子先生の腕の筋肉は、まるで鋼《はがね》のように鈍く光っていて、さおりは目を瞠った。

10

「母乳の分泌はかなり減っています。芳雄くんも元気いっぱいですね。今日でこちらは卒業です。お疲れさまでした」

律子先生が厳《おごそ》かに宣言した。

「卒業……ですか。もう二度と授乳をしないなんて、なんだか実感が湧きません」

上を脱いで布団に横たわった角井さんが、感慨深げに呟いた。

わずかに涙が滲んだ声だ。

「ねー、ねー」

芳雄くんがさおりのエプロンをちょいちょいと引っ張った。

「あ、はい。すみません。次は、私の番ですね。えっと、これはどこに入るんでしょうね。ここかな？　それとも……」

さおりは赤ちゃん用の大きなパズルのピースをいろんな方向に持ち替えながら、最後にぱちんとはめた。

「わー！　できました！」

さおりが両手をぱちんと鳴らすと、芳雄くんが一緒に「わーい」と言って笑った。

「お仕事の復帰は、年明け早々になりますか？　くれぐれも、無理をしてはいけません。子育て中のお母さんが発熱する風邪を引いたら、それはもう体力が限界だ、という深刻なサインです。必ず誰かに助けを求めてください」

律子先生が角井さんの胸元を蒸しタオルで拭いた。

「そうだ！　発熱、っていえば、聞いてください！　私、先週、倒れたんです！」

角井さんが上半身裸のまま、勢いよく身体を起こした。

「えっ？　大丈夫でしたか？」

さおりは思わず耳を疑って、身を乗り出した。

角井さんの大きな声に大きな笑顔。〝倒れた〟なんて物騒な言葉は、想像ができない。

「〝おっぱい先生〟のおかげで断乳も順調で、仕事復帰の日も近づいてきて、よし、年明けから頑張るぞ、って思っていたところで、いきなり三十九度の高熱が出たんです。本当にベッドから一歩も動けなくて、上の子たちのご飯はもちろん作れるわけもないからコンビニに行ってもらい、芳雄には瓶詰めの離乳食を、上の二人にあげてもらいました」

「ということは、今回も、一人で乗り切られたんですか？」

「いや、無理でした。限界でした！」

さおりの質問に、角井さんはにやりと笑った。

「高熱で朦朧《もうろう》とした頭で、福岡にいる旦那に電話をかけたんです。今すぐ戻ってきてって。私がこんなに辛いときに戻ってきてくれないんだったら、あなたなんていらない、離婚するから！　って。今までの人生で一番くらい、怒鳴りまくりました」

角井さんは胸を張った。

「えっ……」

さおりは律子先生と顔を見合わせた。

「旦那さんは、戻っていらっしゃいましたか？」

律子先生が訊く。

「はい。真っ青な顔をして、その日のうちに飛行機で戻ってきました。家に帰ってきて開口一番、夕飯はどうしようか、って訊かれたので、『自分で考えろ！』って言い放って、そのまま私は次の日の昼過ぎまで爆睡《ばくすい》しました。目が覚めたら嘘みたいに熱が下がって、すっきりです」

角井さんが、大きな口を開けて笑った。

「旦那、上の子たちに教わってカレーを作っていました。人参もじゃがいもも皮を剝いていないし、ルーは溶け切らないでダマだらけだし、ひどいカレーでした。でもすごく美味しかったです。芳雄には、アンパンマンの赤ちゃんカレーをあげたみたいでした」

角井さんが目を細めた。

「正しい選択をされたと思います」

律子先生が真面目な顔で頷いた。

「熱が出たのは最悪でしたが、でも、ちょっとだけ、これでよかったかなあ、って思います。病気や怪我をしたときって、みんなに優しくしてもらえるし、普段は言えなかったことを、思い切って伝えるきっかけになる気がしませんか？」

「角井さんの症状が軽くて何よりでした。もっと深刻な状況では、そんなことも言っていられません」

「そうですね。私も久しぶりに倒れてみて、自分が頑張るだけじゃどうにもならないことがあるって気付きました。旦那には、もっと私を大事にしろ！　って思いました」

律子先生が諭した。

「そのとおりです。お母さんがひとりで育児を抱え込むことは、美徳でもなんでもありません。これからも、どうぞ気軽に周囲に助けを求めることを意識してください」

「はい、気軽に旦那を福岡から呼びつけます。って、きっと実際にはそんなこと頻繁には難しいですが……」

角井さんは肩を竦めた。

「でもこれからは、自分の限界、をちゃんと考えます。それで、倒れる前に必ず、全力で〝お母さん〟を怠《なま》けて回復します」

角井さんがぺろっと舌を出した。

外へ見送りに出ると、風もなく空は雲一つない。年《とし》の瀬《せ》が迫っていることを忘れる、眠くなるような暖かい日だ。

「ばいばい」

芳雄くんがしっかりした声で言った。

掌を左右にぴらぴら振って、もう完全に大人と同じように、バイバイ、のジェスチャーができている。

「お世話になりました。本当に、ありがとうございます」

芳雄くんを抱いた角井さんの鼻は、真っ赤になっていた。

「角井さんも芳雄くんも、どうぞお元気で。お幸せに」

律子先生も手を振った。

「お幸せに、なんて……。なんだか、結婚したときの門出《かどで》の言葉みたいですね。あーもう、やだ。涙が止まらないです」

角井さんは手の甲で溢れ出てくる涙を拭いた。

「またいつでも遊びにいらしてくださいね」

「はい、もちろんです。さおりさんにも、お世話になりました。芳雄といっぱい遊んでくださってありがとうございます」

角井さんは幾度も《みどり助産院》を見上げた。

もう二度とここへ来ることはない、と、角井さんが思っているのがわかる。

律子先生と二人、角井さんと芳雄くんの姿が見えなくなるまで手を振った。

「卒業って、なんだか切ないですね。こっちまで泣きそうになっちゃいました。手足をぱたぱた動かしているだけの赤ちゃんだった芳雄くんが、あんなに大きくなって……」

さおりは律子先生に微笑みかけた。

「赤ちゃんが成長するのは、当たり前のことです」

律子先生がさおりをまっすぐに見つめた。

律子先生の目元も薄らと赤くなっている。

しばらく見つめ合っていたら、律子先生のほうが、負けたわ、というように、にこっと笑った。目元の涙が一粒ぽろりと零れ落ちた。

さおりは律子先生の背にそっと掌を当てた。

律子先生の肌の温もりが伝わる。

脈打ち、息をして、命を宿している身体の熱だ。

ふいに母のことを思い出した。

今頃、母は、病院のベッドでどんな顔をして過ごしているんだろう。

「だから、なんだか退屈しちゃって、特に用事もないけれどあなたに電話でもしてみようかしら、って……」

電話の向こうで聞こえた、もったいぶった言い回しの奥の心細さにふいに気付く。

私が赤ちゃんだった頃のことを、私は何も覚えていない。

でもきっと母は覚えているのだろう。一生、決して忘れないのだろう。

自分のおっぱいの変化に戸惑いながら、生まれたばかりの赤ちゃんを抱いて、途方もなく広がる未来を見つめていた頃のことを。

お見舞いに行ってみようかな、と思う。

手を握ろうとしたら、きっと母はぎょっとする。

背中を撫でてあげたら、きっと、お年寄りみたいに扱わないで、と憤慨する。

でも隙を見て、ほんのちょっとだけでも、母の身体に触れてあげよう。

「お母さん、私、最近、マッサージの勉強を始めたの。悪いけど、ちょっと実験台になってくれる？」

病院のベッドサイドで、ぎこちない口調で母に声をかける自分の姿が浮かぶ。

さおりは眉を下げて小さく笑った。

「大丈夫です。もう涙は止まりました」

律子先生が、きっぱり答えて前を向く。

さおりも顔を上げた。

太陽がぽかぽかと暖かい。

お隣の阿部さんの家の窓が、少しだけ開いていた。

レースのカーテンが揺れる。

南向きで《みどり助産院》の庭に面した、心地よさそうなお部屋だ。

窓辺には部屋の中を見守るように、真新しい写真立てがひとつ、ぽつんと置いてあった。

解説

氷見《ひみ》知子《ともこ》
（オケタニ母乳育児相談室早稲田・助産師）

私は母乳外来専門の助産院で、出産し退院した後のお母さんの母乳相談、乳房ケアをおこなっている助産師の一人である。

「助産師」とは、厚生労働大臣の免許を受けた国家資格で、助産又は妊婦、じょく婦若《も》しくは新生児の保健指導を行うことを業とする女子と定められている。開業権があり、正常分娩《ぶんべん》であれば医師の指示を受けることなく、自身の判断による分娩の取り扱いを許された専門職である。

厚生労働省が公表している「令和4年衛生行政報告例（就業医療関係者）の概況」によると、令和四年では三万八千六十三人の助産師が就業している。

ちなみに看護師の登録数は百三十一万千六百八十七人、保健師は六万二百九十九人で、看護職の中では最も少ない。病院・診療所に勤務している助産師が約八割で、それ以外には開業助産師として地域で活動したり、教員として活動している助産師もいる。

助産師は英語でMidwifeだ。語源はmid＝withで「共にいる」、wife＝女性なので、「女性に寄り添う」ことを表している。文字通り、私たち助産師は女性の一生に寄り添う専門職である。その中でも主な仕事は、妊娠から出産、育児に至るまで、母子の健康を支えることである。赤ちゃんを取り上げるだけでなく、妊娠期や出産後の保健指導、授乳指導、乳房ケア、新生児のケア、育児相談なども担っている。

このたび、小説の解説という大役を担う機会を与えてくださった、泉ゆたか先生、光文社文芸編集部の山川江美様に心より感謝申し上げます。私は文学の専門家ではないので、泉ゆたか先生との出会いや、この小説の舞台となった母乳外来専門の助産院の現場の声を助産師の立場からお伝えしたいと思う。

泉ゆたか先生と初めてお会いしたのは五年前の春で、母乳外来専門の助産院をテーマに小説を出版するので話を伺いたいと光文社の編集担当の山川様から連絡をいただき、取材を受けた時だった。私は単純に「すごーい！　助産院の小説だなんて嬉《うれ》しい！」と迷うこともなく引き受けた。実際にお会いした泉先生は、とても気さくで可愛《かわい》らしい女性で、ご自身が二人のお子さんを母乳育児中に助産院でのケアを受けたことがあり、助産師の仕事に興味を持ったと聞いた。助産師の仕事をしていて、「助産師さんて、いいお仕事ですね」とお褒めの言葉をいただいたことはある。自分の仕事、助産師の仕事が評価されることは助産師冥利《みょうり》につきるありがたいことである。今回はその中でも母乳育児支援という一般的にはニッチな分野を小説に取り上げてくれるというのだ。それってニーズがあるのか？と若干の不安もあったが嬉しさが優《まさ》っていた。とてもなごやかで楽しい空気の中でインタビューはおこなわれ、私はしゃべりすぎ？　というほど質問されたこと以上のことを話していたと思う。助産師のこと、母乳育児で悩んでいるお母さんのことを知ってほしいという思いでいっぱいだった。泉先生は私の話を頷《うなず》きながら聞いてくださり、持参のノートに話した内容をすごい勢いで熱心に書き留められていた姿がとても印象に残っている。

普段、あまり小説を読まない私は、泉先生のことを失礼ながら存じ上げていなかった。お会いする前に一冊くらい泉先生の作品を読んでおきたいと思っていたのだが、忙しさを理由に本を手にするどころか、何の情報収集もせずインタビューに臨《のぞ》むことになってしまった。帰宅後、泉ゆたか先生は働く女性を主人公にした作品を幅広く執筆されており、『お師匠さま、整いました！』で小説現代長編新人賞（二〇一六年）、『髪結百花』で日本歴史時代作家協会賞新人賞（二〇一九年）と数々の賞を受賞されている著名な小説家であったことを知り、自分が恥ずかしいと思ったのと同時に、私の話に最後まで耳を傾けてくださったことに改めて感謝した。

小説は母乳外来専門の「みどり助産院」で繰り広げられる四組の母子のストーリーである。「おっぱい先生」こと院長の寄本律子《よりもとりつこ》助産師のもとには、母乳育児で悩む母親と赤ちゃんがつぎつぎとやってくる。妊娠中から完母《かんぼ》（粉ミルクを使わず母乳のみで育てること）を望んでいたのにもかかわらず赤ちゃんがおっぱいに吸い付けない和美《かずみ》、母乳が足りないのではと悩む小春《こはる》、高熱で激しい痛みを伴う乳腺炎《にゅうせんえん》に苦しむ奈緒子《なおこ》、母乳育児の集大成である断乳を迎える角井《かどい》さん、どのケースも日常、私が助産院でよく遭遇《そうぐう》する相談、乳房トラブルである。ストーリーはフィクションであり、みどり助産院も寄本律子も実在はしないのだが、読みはじめた瞬間から助産院での光景が眼に浮かぶほどのリアリティがあった。母乳育児支援に携《たずさ》わる助産師や母乳育児経験のある女性であれば、「わかる！わかる！」と共感できる部分が多いのではないかと思う。私の恩師であり世田谷《せたがや》区三軒茶屋《さんげんぢゃや》で助産院を開業していた武市洋美《たけいちひろみ》先生は、来院した母親から「おっぱい先生の小説ってここの話ですよね」と何度か尋ねられたそうだ。

母乳は赤ちゃんにとって最良の栄養である。これは世界中において揺るぎない事実であり、今までに数多くの研究によって科学的にも証明されている。母乳栄養は赤ちゃんを感染症をはじめとする多くの病気から守るだけでなく、母体側にも乳がん、卵巣がん、子宮体がんのリスクを減らすなどといったメリットがある。WHOとUNICEFは、赤ちゃんは生後六ヶ月までは母乳のみで育て、それ以降は適切な補完食（離乳食）をとりながら、二歳かそれ以上まで母乳育児を継続することを推奨している。日本では妊娠している女性の約九割が出産後は母乳育児を希望しているというが、実際に産後一ヶ月時に母乳だけで育てている母親は五割にも満たない。そして、新型コロナウイルス感染症のパンデミック以降、母乳で育てる母親はさらに少なくなり、母乳と人工乳を併用した混合栄養が主流になっているのが現状だ。そんな中でも、自分の母乳を赤ちゃんに飲ませたいと奮闘している母親は多い。出産後、特に産後三ヶ月頃までで、一番母親たちを悩ませるのは授乳に関することだと言われている。特に、母乳が足りない、乳頭、乳房が痛いという悩みや、疲労や寝不足を訴え、助産師のもとに相談に来る母親は多い。私たちは問診で母親の訴えを聞き、触診、視診で身体の不調のサインを確認しながら、悩みや苦痛を母親と共に解決していく。

インターネットやSNSが当たり前に利用できる現代では、例えば「母乳不足」とキーワードひとつを入力するだけであっという間に多くの情報を見聞きすることができる。しかし、情報の出どころが不明だったり、個人的な主観に基づくものも多く、また情報そのものの多さからも、自分に合った正しい情報を見つけることは難しいかもしれない。まして、産後の忙しく、メンタルも不安定な時期ならなおさらである。そして、母乳育児は同じ女性が出産しても一人目と二人目では悩みが違うことも多く、母親と赤ちゃんの数だけ母乳育児のパターンがある。母乳外来は、個別相談がほとんどであり、助産師は母親と赤ちゃんの母乳育児を一緒に考える。それは乳房の状態や赤ちゃんの体重だけでなく、家族構成やキーパーソン、職業、生活スタイル、価値観、赤ちゃんの個性など、母子を取り巻く環境をひっくるめてオーダーメイドのサポートを提供するのである。サポートの内容は十人十色で、乳房マッサージの他に、赤ちゃんの抱き方から教えることもあれば、食事のアドバイスをしたり、搾乳《さくにゆう》方法を説明したり、ただただ話を聞いているだけのこともある。

母親たちが初めて助産院を訪れる時期は産後二ヶ月くらいまでが最も多いのだが、「母乳育児がこんなに大変だとは思わなかった」という声をよく聞く。出産するまでは幸せな授乳ライフを思い描き、我が子に最善を尽くしたいと思っていたものの、現実は新生児期の赤ちゃんは母乳を飲ませても全然寝ないし、夜中も何回も起きて睡眠不足になるし、自分の時間なんて皆無《かいむ》で、友人からのＬＩＮＥの返信すらままならないのである。赤ちゃんに翻弄《ほんろう》されながら、理想とのギャップに悩み、身も心も疲れ果てた時、母親に必要なのは正しい知識や情報だけだろうか。そんな母親にはまずゆっくりと話を聞き、今日までの頑張りを褒めてあげたい。助産師がおこなう乳房マッサージは、乳房状態を改善させることが目的なのは言うまでもないが、母親をリラックスさせる効果もある。乳房マッサージ中の肌と肌の触れ合いはオキシトシンというホルモンの分泌を増加させると言われている。オキシトシンは母乳の分泌や出産に重要なホルモンであるほか、幸せホルモンとも呼ばれ、愛着形成や信頼関係によい影響を与え、リラックス効果がある。もし、あなたが授乳中で母乳育児に悩んだ時、疲れた時、孤独感に襲われた時は、ぜひ助産院のケアを受けてみてほしい。助産師の温かい手が、あなたの身体も心も包み込んでくれるだろう。桜美林《おうびりん》大学教授で臨床発達心理士の山口《やまぐち》創《はじめ》先生はオキシトシンやタッチケアの研究がご専門で、著書『手の治癒力』の中で肌と肌の触れ合いが心と体のバランスを取り戻し、心身を健康にするのに最も有効だと述べている。私たちが子どもの頃、お腹《なか》が痛くなった時に母親にお腹をさすってもらったりした「お手当て」がその代表例である。正しい知識や情報はその後でも遅くはない。

また、山口先生は触れることは、同時に触れられることでもあるとも述べている。助産師が「よくなってほしい…」と思いを込めて乳房に優しく触れる時、同時に優しく触れられてもいるのだ。私が乳房マッサージの仕事が大好きで二十年も続いているのは、助産院にやってきた母親や赤ちゃんと肌と肌を触れ合わせることで、私自身も癒やされ、助けられているからだと信じている。この小説は私にとって助産師としての誇りとやりがいを再確認させてくれる一冊となった。乳房マッサージは難しいと思っている若い助産師さんも、やさしい気持ちと温かい手で母親とその乳房に触れ、その効果を母親と共に感じていただきたいと思う。

前半でも述べたが、最近は母乳育児をする母親が減っている。これには母親の孤立、産後うつが社会問題になり、母親に無理をさせないことが優先され「母乳にこだわらなくてよい」という風潮が広がったことが背景としてある。果たして母乳育児は母親にとって無理なことなのだろうか。時につまずきながらも、幸せそうに母乳育児をしている母子の姿をたくさん見てきた助産師のひとりからお伝えしたいのは、辛い時は一人で悩まず、助産師を味方につけてほしいということ。あなたに寄り添ってくれる「おっぱい先生」に出会えますように。この小説は、そんな悩める母親へのエールである。

謝　辞

この作品を執筆するにあたり、助産師の氷見知子先生にご協力をいただきました。
たくさんの貴重なお話を、本当にありがとうございます。
なお、作中に誤りがある場合は、すべて筆者の力不足、勉強不足によるものです。

扉・目次デザイン　鈴木久美

この作品は、二〇二〇年五月、『おっぱい先生』として
光文社から刊行された作品を改題したものです。

光文社文庫

世《せ》田《たが》谷《や》みどり助《じょ》産《さん》院《いん》

著　者　泉《いずみ》　ゆ　た　か

2025年3月20日　初版1刷発行

発行者　三　宅　貴　久
印　刷　堀　内　印　刷
製　本　フォーネット社

発行所　株式会社　光　文　社
〒112-8011　東京都文京区音羽1-16-6
電話 (03)5395-8147　編　集　部
8116　書籍販売部
8125　制　作　部

落丁本・乱丁本は制作部にご連絡くだされば、お取替えいたします。
ISBN978-4-334-10568-6　Printed in Japan

組版　萩原印刷